新拉丁美洲文学丛书

La Ocasión

Juan José Saer

时机

［阿根廷］胡安·何塞·赛尔 丨 著

贾佳 丨 译

作家出版社

新拉丁美洲文学丛书
编委会名单
（按姓氏笔画为序）

新拉丁美洲文学丛书

出版说明

20 世纪 80 年代末，云南人民出版社与中国西班牙葡萄牙拉丁美洲文学研究会合作翻译出版"拉丁美洲文学丛书"（简称"丛书"），十几年间出版 50 余种，为拉美文学在华传播做出了不可磨灭的贡献。数十年过去，时移世易，但当年丛书出版说明的开篇句"拉丁美洲是一个举世公认的充满创造活力的大陆"，并未过时，反而不断被印证。博尔赫斯、加西亚·马尔克斯和其他"文学爆炸"代表作家的作品陆续被译为中文，"魔幻现实主义"对寻根文学及先锋小说的影响仍是相关研究者所乐道的话题。拉美文学的译介和接受不仅成为新时期中国文学研究中不可忽视的部分，时至今日仍为新一代的中国读者提供"去西方中心"的文学视野与镜鉴。

作家出版社与中国外国文学学会西班牙葡萄牙语文学研究分会合作，决定从 2024 年起翻译出版"新拉丁美洲文学丛书"（简称"新丛书"），感念前贤筚路蓝缕之功，继续秉持"全部从西班牙及葡萄牙文原文译出"的原则，以促进世界文化交流、繁荣中国文学建设为指归。新丛书旨在：（一）让当年丛书中多年未再版而确有再版价值的书目重现坊间；（二）译介丛书中已收录的作家成名作之外的其他代表性作品，展现经典作家更整全的面貌；（三）译介拉丁美洲西葡语文学在中文世界的遗珠之作。新丛书主要收录经典作家作品，此外另设子系列"新拉丁美洲文学丛书·当代"，顾名思义，收录具代表性、富影响力的当代拉美作家作品。

献给劳拉和菲利普·巴泰隆

我们就叫他毕昂柯好了。虽然他也曾让人叫他波顿，但据他后来跟加拉伊·洛佩兹所说，那只是因为发色的关系，毕竟毕昂柯这个意大利名字和他的一头红发实在不搭，会让人怀疑他的身世。大概是叫 A.毕昂柯吧，因为他经常留下这个花体签名，笔触缓慢细致，字体复杂难认，更多是为了追求笔迹的与众不同而不是为了好看。A.毕昂柯，让人想起他过去也用过以 A 开头的名字，那时候叫安德鲁，安德鲁·波顿，但在巴黎那次和实证主义者的交锋之后，他就决定改名换姓了。A.毕昂柯，也许是安德里亚·毕昂柯？不管怎么说，名字以 A 开头是确切无疑的了，但这个缩写的 A 非但不能稍解他的身世之谜，相反还让一切更加晦暗不明，所以我们索性还是简单点儿，遵照他的意愿，就叫他毕昂柯吧。即便这个名字和他的发色不搭——四十六岁的年纪，他还顶着一头浓密的红色鬈发——让他的身世成谜。

这会儿，毕昂柯正若有所思地站在平原中央。不太冷的冬末下午，一切都灰蒙蒙的，他近乎砖色的头发、眉毛和睫毛显得比平时更红了。在他身后两百多米的地方是他的茅屋，这片土地上唯一的建筑物。在一览无余、覆盖着灰草的平原上，这座简陋的房子显得有些格格不入，比起房屋它更像个装饰，像个可怜的背景，和它主人那身一看就是来自欧洲的昂贵行头形成鲜明的对比。事实上，毕昂柯不光是茅屋的主人，更是这片土地的主人，灰色天空笼罩的平原上，目之所及、脚步所到之处都归他所有。茅屋就坐落在这片土地中央，四面是暗灰色的土坯墙，上面是茅草做的双坡屋顶，远远望去还没有一块彩色幕布厚。茅屋是毕昂柯雇加拉伊·洛佩兹手下一个有经验的老工人建的，毕昂柯反复强调把房子造得越简单越好、越朴素越好，能容下一张单人床、一把椅子、一张桌子、一盏灯、一个橱柜足矣，刚好能供他一个人生活几天就行。他时不时远离城市、独自一人来到这里，将自己完全沉浸在思考中，为的是能彻底驳倒那伙在六年前通过某种手段迫使他离开欧洲的实证主义者。不过这会儿他没在思考，而是有点儿漫不经心地走在平原上，想看看灰色的天是否会下雨，犹豫着是下午就回城里还是明早再回。他的哲学思考经常会被一些实际的想法打断，正如此刻他突然想到了砖头，片刻间他脑海里的念头和他浓密的头发一样红，清晰的画面在略微僵硬的红鬈发下快速展开。

六年前，在刚刚抵达一周后，毕昂柯初次来到布宜诺斯艾利斯郊区的这片平原上，近乎乏味的寂静空旷让他几乎马上就断定这里适合思考。所思的不是现在脑海里这些像他头发一样粗糙泛红的念头，而是无色的、细细打磨过的想法，这些半透明的想法互相嵌套组合成牢固的思想大楼，可以帮助他暂时摆脱物质的奴役。一览无余、毫无起伏的平原将他环绕，一切都像八月末的天空一样灰蒙蒙的，没有什么地方比这里更能代表思维的空洞，这里看不到受感官支配的各色光彩，像人脑中透明的无主之地，严谨而明晰的演绎推理在这里默默构建起来。但事实上，其他颜色的意念毕昂柯也并不轻视，比如现在他脑中的砖红色念头，又或是和吉娜马黛茶色的肉体相关的思绪：它们时而圆润有致，像她的身形；时而乌黑平直，像她的头发；时而突如其来又有点孩子气，像她的笑；时而柔软潮湿，像她的离去。毕昂柯轻视一切世俗的事务，这可能是因为他很容易就能领悟、解决、驾驭它们。正如他刚买下这块地的时候，只消对当地的有钱人稍作观察，他就立马决定要从事畜牧业和贸易。自打可以和有钱人频繁往来、近距离学习观察他们开始，他就一直在践行这条黄金法则——想要赚钱，就按照有钱人的方式做事。就像有些人有音乐天赋一样，毕昂柯的天赋就是精明务实，正是这种实干家的才能，让他脑海里的想法染上了和他自己头发一样的砖红色。他想到成群的移民正源源不断地向这片不毛之地涌来，当他们通过种地赚到一点钱后，肯定想从最初的土坯房搬到更结实的房子里住，那时候他们就需要买砖盖房子了，而他，毕昂柯，就成了他们的砖头供应商。

带着冷漠甚至鄙夷，他在脑海里轻轻驳斥了自己的想法，因为他知道有时候自己这些实用主义计划有点儿像孩子式的复仇，根本对敌对者无能为力。他上前几步，脚下的枯草被靴子踩得沙沙作响，他把注意力集中在平原上，记忆里还回响着自己的脚步声，如同刚刚踩在枯草上那样清晰。沙沙的声音像不容置疑的幽灵，游走在无边的静谧里，轮廓清晰可辨，像空间里的实体一样明确，此刻的平原上，这声音比感官和回忆都更有实感。有那么几秒钟，毕昂柯迷失在外界透明的灰色里，在如此清晰、现实又超乎想象的灰色空间里，任何细枝末节都有种撕裂感，让人感到危险。高空中缓慢飞过的黑鸟，被飞鸟穿过的灰色云层，绵延无尽的灰色草原，冷空气中微微发红的脸颊，他自己不容辩驳、切实存在的身体，所有这些都或多或少构成了将他困住的物质世界。实证主义者想要把人类都葬送其中，而他，毕昂柯，已经多次证明思维决定物质，思维可以穿透物质，对其任意移动、随心塑造；就像水渗出墙面一样，人的思想可以穿头骨而出，思想可以穿透骨骼、器官，找到另一个思想，只需要集中精神，多加练习，让自己的能力更加精进，就可以战胜令人厌恶的物质惰性，从而证明物质世界所谓颠扑不破的法则是可以被打破的，物质是第二位的，是可憎可弃的附带品，是精神世界的渣滓。他摇摇头，愤懑又不无屈辱地想到，有将近十年的时间，全欧洲都折服于他——毕昂柯——为此提供的证据。脑中充斥的无力的信念在激荡着他的心，让他不禁大声用意大利语叹道：

"科学多次验证了我的能力。"

他被自己的声音吓了一跳，有点儿不好意思地看看四周，生怕有人撞见他在荒原上自言自语，虽然他知道方圆几里都不可能有任何人出现，除了帮他放牧的四个雇工和监管他们的工长，而他也事先命令他们尽可能远离茅屋，不要打扰他独处。这让他的屈辱感更强了，他不得不对自己承认，他之所以害怕是因为他发现，虽然已经过去了六年，伤口依然在淌血，以至于他一时丧失冷静，在八月寒冷的午后激动地和荒原辩论，想要证明自己。他会读心术，能通过意念远距离移物，只需用手指碰触就能改变物体的形状甚至是金属的内部结构。就连日后统一了电磁学的麦克斯韦，也曾在伦敦观看过他的实验，亲自确认了实验的条件真实无伪、他具备的能力不容置疑。所以没有必要感到茫然不安。诚然，在巴黎那次被实证主义者干扰陷害的实验后，他的能力减弱了，而且多年来法国记者的口诛笔伐也让他不愿意再重操旧业，然而，从几个月前开始，在吉娜颇具天赋的配合下，他又开始练习自己的意念力和心灵感应能力了。

虽然没能完全重拾信心，毕昂柯还是让自己随着思绪慢慢平复了下来。他远离茅屋走了几步，与他为敌、将他囚禁的物质世界呈现出的悲凉景色转瞬即逝，眼前依旧是广袤空旷、一览无余的平原。从六年前开始他就是这片土地唯一的主人，一拿到这块地他就开始在上面放牧牲畜，它们不知疲倦地繁衍增多，温顺听话，任凭处置。他的功利主义雷达总能轻易探查到赚钱的机会，每到一个地方，他总会留心观察当地的有钱人，然后做和他们完全一样的事，他的优势在于，他是在有意识地做有钱人出于生存本能所做的事。与此同时，他与生俱来的实用主义也帮助他很快就适应了几乎是草原生活必备的野蛮残酷，并且将其运用得十分自如。因此，为他工作的高乔人不仅是因为他总能慷慨地如数支付工资，更多是看在他腰间明晃晃的左轮手枪的分上而对他敬畏有加。他名声在外，附近的无业游民，哪怕是其中最危险的人物，在他来这里小住的时候，都不敢靠近他用来独处冥想的茅屋。加拉伊·洛佩兹医生总是用敬佩又带点儿嘲讽的口气对他说："*棒极了，亲爱的朋友！*[1] 我家祖上建了这座城，家族里出了四个省长，我们靠三个世纪的抢夺和鞭子才换来的东西您居然短短几年只凭自己一个人就得到了。"加拉伊·洛佩兹对他说这话的时候，总是以跟他交谈时特有的方式，混合着西班牙语、法语、英语和意大利语，像话剧演员般配合着优雅又讽刺的手势，表面上是在赞美，实则更像是在责备。他听任这样的责备，因为他很清楚，如果加拉伊·洛佩兹是真心谴责他，就不会跟他合伙从德国进口金属围栏卖给省里的牧民了。

毕昂柯突然停下思绪，抬起头来。和刚才看到的景象不同，空中飞过的五六只鸟就像受了惊吓似的，正快速扑扇着翅膀四散逃开。他本能地低下头，接着朝鸟飞来的方向注视着天际，他好像看到在天地相交的地方出现了一

---

1 原文为法语："Chapeau, cher ami"。——译注（本书所有注释均为译注）

个小小的、正在移动的黑影，就像用铅笔胡乱画出来的一样，轮廓很不规则。他好奇地待在那里一动不动，看到移动中的黑影跳脱了地平线，扰乱了它的平整空旷。毕昂柯身材矮小但很结实，包裹身体的脂肪比肌肉少，他没什么胡子，总是忧心忡忡或者说是若有所思的样子，即便是在欧洲那段他最辉煌的日子里，他嘴角也总是带着一抹苦涩。他的苏格兰羊毛衬衣和皮外套、酒红色天鹅绒裤子和高筒靴、红色的头发和睫毛、额上和眼周皮肤下面蜿蜒的蓝色血管，都让他乍一看感觉不像是真人，倒像是等比例的塑像，像是用木头雕出来的，刚涂上不太协调的颜色，不合时宜地立在平原中央。

　　十五年前，大约是 1855 年，他在伦敦开始了自己的成名之旅。那时他还让人叫他波顿，A.波顿。他说自己出生在马耳他，这样就解释了他为什么说着一口粗糙直白的意式英语。在踏上欧洲大陆以后，为了避免受到传说中其他欧洲人对英国人的不信任，他就彻底改名叫毕昂柯了，以便能更好地融入当地知识分子和科学家的圈子。马耳他岛公认的神秘氛围和混合了东西方特色的多元文化增加了他的光环，而且荒谬的是，当他越是模糊自己的确切出身，反倒让一切显得越加可信。再后来，他被实证主义者陷害、决定离开欧洲的时候，又为阿根廷政府工作来换取土地所有权。他鼓动意大利农民去阿根廷垦荒，并号称自己是意大利人、托斯卡纳语是他的母语，但因为他曾经在普鲁士、英国和法国待过，还有他近乎迷信的癖好——坚持把所有的语言都混着说——所以他的托斯卡纳语似乎并不标准。他在几种语言间切换自如，但总是带着不知道从哪儿来的口音，有时候会让人以为他是舌头有问题才不能正确发音。毕昂柯模糊的出身、国籍和语言，加拉伊·洛佩兹都看在眼里，但为了表明他作为一个真正的绅士不会对此揪着不放，他也会同时使用多种语言来招呼这位朋友："Cher ami[1]… dear friend … caro amico[2]!"他着重强调最后一个词，同时盯着毕昂柯的眼睛，嘴上带着知晓一切的笑，这让毕昂柯感到不快甚至愤怒，因为他不得不假装听不懂加拉伊·洛佩兹的意有所指。

在 1855 年左右的伦敦，带着晦暗不明的身世，毕昂柯开始崭露头角。他在一家二等剧院里展示自己的能力——心电传送、隔空移物、只靠触摸物体来改变其形状，并声称自己多年苦心练习到炉火纯青的这项能力所有人都具备，大家只需要相信它，排除物质——他习惯称之为精神世界的渣滓——的干扰，就能够对其运用自如。因

1　法语，意为"亲爱的朋友"。
2　意大利语，意为"亲爱的朋友"。

此，越来越多的人来到剧院，他们带着自己的勺子、金属棒或是断了发条的老怀表，在他的指导下集中精神、闭上眼睛、用力握紧这些东西，并坚信这些被聚合起来的物质是第二位的，直到手里的金属棒和勺子像软糖或黏土那样被折断或变弯，坏掉的老怀表又重新开始工作。随着他去表演的剧院越来越大、越来越靠近市中心，他公开要求对自己表演的科学性进行越来越严格的验证，他还专门去拜访那些怀疑他、在报纸上诋毁他的人，让他们全权负责对表演的检查工作，最终这些敌对者被成功说服，放弃了对他的质疑。就连麦克斯韦本人都曾对一位记者说："毫无疑问，波顿先生和我从事的实验领域是相近的，这很难在一次访谈里说清楚；我们只是采用了不同的研究方法、有不同的理论基础和研究目的罢了。"

他的另一项才能是心灵感应。有精神病学家提出过质疑，他就把他们请到剧院里，让他们在舞台角落背对着他在纸上画点儿什么，然后他会在观众面前用彩色粉笔在一块大黑板上把所画的东西复刻出来，接着原画会被拿出来和他的粉笔画进行对比，复刻的精确程度或高或低，但画儿的形状总是极其相似的。而他，会一脸严肃又不无骄傲地表示，不同于随意又不对称的物质形体，精神通过少数几个通用的形象就能重现、涵盖、解释事物的本质，所需做的只不过是感知它们并将它们展现出来。"有耐心和诚心就够了，"他说，"我们——在舞台上他总是像国王一样用复数自称——不希望挑起和唯物主义者的争辩，也不期待说服他们。我们不忽视物质，也不否认它，我们只是想要证明物质是第二位的。"

两年后，大学也对他敞开了大门。不光是会议室，物理实验室、医学院和心理学院的阶梯教室都成为他展示能力的场所。某天在其中一个地方，他的表演结束后，一个看起来病恹恹、有点早秃又十分羞涩的年轻人找到他，说自己的父亲是普鲁士的高官，想以普鲁士政府的名义邀请他去参加一系列会议，但在那之前他本人想先请毕昂柯在伦敦共用午餐。不同于他病弱的外表，这位普鲁士年轻人的胃口很好，谈起话来坦率而有活力，他不光支持，甚至还建议那时的波顿在离开英国去欧洲大陆发展之前改名叫毕昂柯。然而改名字这件事并没有一蹴而就，而是慢慢完成的，在普鲁士的第一年，毕昂柯同时使用这两个名字，有时候叫毕昂柯，有时候叫波顿，有时候两个名字都用，直到最后他决定只把毕昂柯作为名字，而把波顿当作从母亲那里继承的姓氏；事实上，他内心深处对于自己的姓名总是犹疑不决，不愿意只被其中一个名字代表，就好像害怕身体的很多部分会因着一个确切的称呼而干涸消失似的。在六七年的时间里，他继续宣称自己的故乡是马耳他。这座曾经有圣殿骑士[1]、诺斯替信徒[2]和撒拉逊人[3]共同居住或交会过的小岛古老而神秘，让他的身世更加晦暗，却反而赋予了他光环。

他是普鲁士的宠儿，在那里待了好几年，其间他广交贵族，和科学圈走得很近，有熟识的女演员，还是军方参谋部的座上宾。使馆时不时为他准备出国访问活动，不是去大学表演就是和科学家甚至宗教领袖座谈。这些宗教界的权威意外地发现，他那精神高于物质的理论为一些正在被信众们慢慢偏离的古老教义提供了现代的佐证。他被巴黎深深吸引，回到普鲁士以后，开始对那里的乡下生活感

1　圣殿骑士团成员。圣殿骑士团是创立于 12 世纪的天主教军事团体，旨在为耶路撒冷的天主教朝圣者提供保护，曾多次参与到保卫圣城、抵抗伊斯兰势力的战役中，在十字军东征中扮演了重要角色。14 世纪初，在法国国王腓力四世的逼迫下，圣殿骑士团解体，大量骑士团成员被害，一些幸存下来的圣殿骑士来到马耳他，加入了马耳他骑士团（又名医院骑士团）。

2　信仰诺斯替主义的人。这是在基督教会创立之初的几个世纪出现的一种宗教哲学观，被传统教会认为是异端。诺斯替主义将基督教教义和犹太教、东方哲学融合在一起，主张物质和精神的二元对立，认为个人可以通过直觉推理和神秘主义体验洞悉有关神明的奥秘，从而得到救赎。

3　指中东地区的游牧民族，中世纪时被用来泛指阿拉伯人或穆斯林。

到有些厌倦，所以他着手准备离开普鲁士去巴黎定居，在巴黎向全世界宣传他的思想，但又害怕他在普鲁士的庇护者们不让他走。出乎他意料的是，他们欣然接受了他的决定。一天他收到了军方参谋部的邀请函，让他单独和一位高官会面。这位官员热情接待了他，递给他一支烟，向他解释了这次会面的缘由：普鲁士的反间谍机关希望毕昂柯先生用自己不容置疑的心灵感应能力深入法国的军事参谋部，探查其意图。自然，这要在不经意间完成，毕昂柯需要利用在巴黎可能结交到的朋友，也需要熟悉不同的圈子，而普鲁士大使馆会介绍他进入这些圈子。"上校先生，马耳他岛是生我的地方，"毕昂柯回答道，"英国是展示我科学能力的初舞台，但普鲁士才是养我的祖国。祖国交给的任务，为了感恩、为了荣誉都不应该逃避。"

于是他在巴黎定居了。学界对他持保留意见，学者们的怀疑多是出于工作利益而非自身信念。但毕昂柯在一间间会议室、一次次聚会、一张张有夫之妇的床上建起了必要的关系网，第二年他已然成为拥有一小撮忠实拥趸的公众人物了。他的支持者们把他看作物质那令人鄙夷的虚幻性的活证，与此同时也有一群跟风之徒争相邀请他参加人群密集的简餐聚会。报纸上对他的报道呈两极化，法兰西学会的一位院士抨击他，但法兰西科学院更为谨慎地袒护了他，辩称任何事物都应该不偏不倚地接受实验的验证，未经查证就进行批判和实验法至上的时代精神不符，所以科学院在进行必要的验证前，对他既不支持也不反对。在更大规模的公开表演中，他继续弄弯勺子和金属棒，让坏掉的表起死回生，通过心电传输近乎完美地再现秘密画好的画——只见他先痛苦凝神片刻，之后拿起彩色粉笔在大黑板上慢慢勾勒出画的轮廓。他一靠近，指南针会失灵，电压会陡然升高，磁铁会变得不听话，螺丝会像虫子一样扭动。他说，请大家回家以后集中精神，忘掉虚有其名的物质，当大家把物质放在不灭的精神之火下炙烤时，负隅顽抗的物质就会消失殆尽，而我就是精神力量的明证。就这样，坏掉的表重新开始走字儿，金属棒变弯，指南针的指针变得游移不定。

他时不时给普鲁士大使馆写份报告，不抱很大希望地盼着能从自己的任务中解脱出来，因为他觉得这项任务配不上他的才华，还有可能危及他的声誉。但每当他稍稍给使馆官员透露出一点想要退出的想法时，他们就会让他明白这种想法不可能实现——从他写第一份报告开始，他个人的命运就和军事参谋部的命运永远连在一起了。毕昂柯勉强笑笑表示同意，他嘴角的苦涩更明显了，也不知道这个表情是他原本的嘴形所致，还是他前三十年迷雾重重的生活所赋予他的。

一天，法兰西科学院寄来一封信，邀请毕昂柯去他们的实验室表演。信上说，届时现场不面对公众开放，他将在科学院规定的实验条件下向数量有限的几位科学家展示自己的心灵感应能力。科学院基于双方共同良好意愿的原则，认为严谨认真的实验只会对科学有利无害。毕昂柯并非没有察觉到信里的言辞有些严肃，有种不容分说的简洁，虽然他隐隐感觉可能有陷阱，但挑战让他兴奋，他还是接受了邀请。他知道如果他成功了，原来在会议室和剧院里他所谓简单的事实将成为不容颠覆的真理。一个冬日的下午，他独自来到法兰西科学院，接受科学家们的检验。有八个人负责见证这次实验，其中一位年纪较大的先生穿一身黑衣，全程亲切地看着他。傍晚的时候，他们没有告知他实验结果就让他先行离开了。在街上，那位年长的先生追上了他，钦佩又好奇地打量了他一会儿，然后邀请他共进晚餐。据他说，科学院的院士们似乎相信了毕昂柯的能力属实，毫无疑问他们很快就会以其中一位在场的科学家的名义发表一篇公告将结论公之于众。虽然他本人对毕昂柯的能力深信不疑，但他不过是律师兼记者。他认为，要想让科学院尽快发布公告，毕昂柯需要在某个剧院进行一场大规模的演出；如果毕昂柯同意的话，他可以负责组织操办。毕昂柯静静地想了几分钟，手中的白兰地在他掌心温热起来，最终他同意了。

　　记者安排得很妥当，把毕昂柯的支持者、反对者、媒体代表、科学家、艺术家、公务员、军人都请到了巴黎最大的剧院，除了通常的表演项目，还在表演开始前准备了讨论环节，让毕昂柯向大家介绍他是怎样开始这项工作的，他的支持者和反对者也可以自由交换观点。然而一上台，毕昂柯就预感到这场演出不会风平浪静，从现场观众席上持续的叫声和骚动来看，怀疑他的人要远多于相信他的人。尽管如此，他还是开始发言，他说自己绝不是科学家，只不过是一个受科学支配的卑微客体，年轻的时候因为所受的教育他也质疑过自己的能力，他也曾深陷物质的泥沼，毕竟那个时代盛行对物质的崇拜；在困惑迷茫的那些年，他也像在场的很多人一样充满怀疑，拒绝相信自己的能力，但事实上，这些能力现场的每一位观众都有，只不过因为未被使用而退化了。他发言的时候，时不时有喊声和笑声，还有一两次有人插话，但他的支持者和一些反对者会提高嗓门，用严肃有力的声音要大家保持安静。最后，科学家们要求开始进行实验。毕昂柯提出会场里太过混乱，很难集中精神，但他明白如果他临阵退缩，他口中"简单的事实"将面临解体的风险，所以在现场勉强维持的安静中和一些人不怀好意的注视下，他开始了自己的表演：他的手稍稍用力就弄弯了大家验证过的铁棒和勺子，他在一张透明的桌子上移动细小的金属物件，他让坏了好多年、已经锈迹斑斑的怀表重新开始走字儿，他让指南针失灵，他通过心灵感应在黑板上用彩色粉笔再现了在他视线之外的舞台另一角被人画好又小心折成四叠的画。当他表演完，尖叫声和欢呼声盖过了绵延不绝的掌声，一位科学家好不容易才让大家再次安静下来，他面对会场说道："让我们来做个实验吧，比较一下毕昂柯先生和法兰西学会一位杰出院士（笑声）的能力，感谢院士赏光来参加我们的实验。"接着他用手指了指幕布，示意等在后面的某个人出来，与此同时，隐藏在舞台下方乐池里的管弦乐队突然开始演奏马戏团的音乐。

一个脸上戴着面具和大鼻子的小丑现身了，他假装很努力地跑着，却以很慢的速度来到了舞台中央，一句话也不说就随着已经平缓下来的音乐开始了和毕昂柯一模一样的表演。只见他快速又轻易地弄弯铁棒、修好怀表、让指南针的指针来回摆动，他从右侧的科学家手中接过这些物品，对它们进行改造后再交给左侧的科学家，直到在毕昂柯惊恐的目光中完成了所有表演。站在右侧的科学家们从观众那里收取勺子、铁棒、表和指南针，把它们递给小丑，小丑把表修好、把铁棒弄弯后交由左侧的科学家检查并还给观众。"我是魔术师！我是魔术师！"小丑开始叫起来，"我是魔术师，但我也是实证主义者！"会场里的气氛变得狂热起来，勺子、表、铁棒、坏掉的指南针纷纷向毕昂柯投去，雨点般落在舞台上。毕昂柯扑向小丑，但舞台上的几个人上前把他拦住，这时小丑开始凭空变出鸽子、花束、兔子、丝带和飘扬在舞台上空的彩色纸条，他疯狂地不停喊着"我是实证主义者！我是实证主义者！我是实证主义者"，像中了邪似的；终于他来到了毕昂柯身边，轻声对他说道："我也经历过相似的事情，亲爱的同行。二十年前我也遇到过同样的诱惑，后来结果也很糟糕。"小丑取下了面具和大鼻子，这时毕昂柯认出他就是那位帮忙操办一切的记者，怪不得刚才毕昂柯表演时台上台下都看不到他的身影，当时毕昂柯内心深处还为此感到过不安。

第二天，所有报纸都报道了这件事。其中一家报纸还暗指毕昂柯不光弄虚作假、说谎成性，还有可能是敌国派来的间谍，因此所有的演出会场都对他关上了大门，甚至普鲁士大使馆也对他闭门谢客。在媒体言之凿凿的影射下，使馆不得不发表了一份声明，宣称毕昂柯早在几年前就数次因欺诈被定罪而匆忙逃离了普鲁士。毕昂柯在诺曼底隐居了一段时间，住在一座背靠塞纳河的房子里。虽然远离首都，他还是经常被人认出来，因为在那次事件前后他的脸都经常出现在报纸和杂志上。他想也许有必要离开一段时间，重新走进他三十岁成名前所处的迷雾地带，所以他收拾好自己的全部家当——虽然遭遇困境，但他还是身家不菲，因为他务实和在财务上谨慎的这一面并没有被他放肆和喜欢冒险的另一面所影响——从勒阿弗尔港上船，到西西里住了下来。

他在那里过得不错，但是心里满是怨恨。一开始，哪怕是在西西里，他也似乎能从大街上偶然交错的目光中感受到人们对他那次耻辱经历的暗讽。有一次，因为觉得一个男人看他的时间久了一点，他就用自己生硬的、带着说所有语言都有的奇怪口音的意大利语狠狠地骂了对方，结果发现人家压根儿就没看到他，只是在一边听着手里的音乐盒，一边随意看着某处放空。又一次，他在饭店里愤怒地站起来，以为邻桌高声说话大笑的那帮人是在嘲笑他。几个月的时间里，他经常因为错觉而突然情绪失控。一天晚上，在巴勒莫[1]的一家妓院里，他扇了一个妓女一耳光，只因为她是法国人，还笑着问他是否去过巴黎。但在那之

1　西西里首府。

后，他逐渐冷静下来，或者不如说是变得麻木了，进入一种有些讽刺的半梦半醒的状态，终日在西西里最豪华的酒店餐厅里饱食豪饮，在服务生的迁就下借着酒劲招摇闹事。他就像是在试图用吃喝把自己埋在身体里、葬在地底下，最后只需要把他头顶上入口处的板子放下来，他的墓碑就立好了。但这种状态并没有持续多久他的身体就受不了了。他患上了一种风湿病，全身疼得厉害但又找不到具体的痛点。卧床休息了一个月后，他开始真正平静下来，他对自己说，经历了这一切，如果他再出门，拿着手杖、穿着自己最好的衣服、戴着礼帽去海边散步，即便面对面遇上那天晚上在巴黎看到他出丑的某个人，他也不会再情绪失控，因为虽然那些拥护物质的人赢得了上次的战役，但他可以拿起笔来向他们复仇，向他们证明物质是第二位的、是精神世界的渣滓。剧院里的一次聚会也许不会被时间消磨得完全不留痕迹，但一套成体系的思想可以白纸黑字地写下来，再反复印刷，成为不可磨灭的记录。他想，他应该再次退回到阴影里，蛰伏几年，然后带着自己的光辉成果重回大众视野。

一次偶然的相遇帮助他实现了自己的想法。在阿格里真托的一家酒店里，毕昂柯结识了一位阿根廷外交官，是位领事或类似的官员，他正遍访意大利，试图说服贫苦的农民去阿根廷政府为他们提供的土地上定居。其实这位领事对大希腊地区[1]本身比对发展阿根廷农业更感兴趣，在连续几天探访当地古迹并跟毕昂柯在酒店餐厅一起吃饭后，他提出，如果毕昂柯有兴趣为阿根廷政府做宣传，他可以把政府想要拓荒的那片平原西北部二十平方西里[2]的土地送给他。那是块能耕种又能放牧的好地，毕昂柯只需要说服尽可能多的意大利农民登上去阿根廷的船并在那片平原上定居就行。六个月后，在一艘严重超载的移民船上，毕昂柯手提着装着土地产权证书的箱子，靠在上层甲板的船舷上，平静却饶有兴趣地望着几乎还不存在的布宜诺斯艾利斯港口，一头砖红色的头发在风中略显凌乱。

毫无起伏的土地和水面持平，上面一块石头都没有，只有一条棕色的大河与海相连，荒凉的海岸上散落着不起眼的村落，下层甲板上破衣烂衫的移民三五成群，着魔似的望着未知世界的边缘，试图想象这背后可能会有什么，渴望找到毕昂柯当初对他们承诺的东西。他从皮埃蒙特、西西里和卡拉布里亚的乡村把他们招聚起来，说服他们登上这艘混乱不堪的船，把他们塞进三等舱甚至是货舱，而

---

1 意大利南部沿海地带，在公元前 8 世纪到公元前 5 世纪由几个希腊城邦占据。

2 西班牙里，1 西里约合 5.6 公里。

他却住在专门备好的头等舱舱房里，和船长做邻居，每天和船长打牌，醉酒的晚上还会用纸牌耍一些小把戏来供船长消遣。他只能用左手玩牌，因为右手无名指上的一个大脓包在旅途中情况越来越糟，让他没法使用右手。原本是指甲上的一个肉刺，后来在指尖长成了一个脓包，脓包破了又长，反反复复，越来越大，毕昂柯暗暗觉得，身体里仅剩的屈辱记忆都集中在这一点了，一段时间以来像毒液一样在他血管里流窜的虚假、腐败的物质沉渣将从这里被彻底排出体外。于是，靠在船舷上的毕昂柯将目光从眼前引人遐思的荒原上收了回来，这里二十多平方西里的土地已经归他所有，他盯着因指甲周围的巨大脓包而扭曲变形、肿胀发红的无名指，嘴角勾勒出一抹苦笑，无从知晓这样的表情是天生刻在他嘴上的标记，还是晦暗岁月在他脸上留下的疤印。

毕昂柯站在平原上一动不动地注视着地平线。在天空和灰色大地相交处移动的模糊影子被拉长了，在地平线上不安跳动，越来越显眼。它逐渐远离了地平线，慢慢靠近，分散成无数个点，之后又变成一个个抖动的黑影，黑影越来越大、越靠越近，在远处发出声响，毕昂柯还没有听到，但草原上的鸟儿、鼹鼠、野兔、石鸡和鼬都听到了，纷纷不安地四处逃窜。一只受惊的野兔从稀稀拉拉的干草丛上飞速跳过；两只石鸡从草丛里跑出来，低低地飞过一段距离后又落在草里，准备再次起飞；鼹鼠敲了敲它地下巢穴的墙就停下来不动了。现在，从地平线那边传来的声音越来越大，毕昂柯也听到了。就像最初的模糊影子变成了无数团黑影一样，从远处传来的闷声也变得越来越大、越来越乱，混乱中又具有某种一致性——毕昂柯听出来这是群马奔腾的声音。他摸了摸腰间的左轮手枪，突然拔腿朝茅屋的方向跑去。他绕过侧边的墙跑到屋子前面，差点儿撞上拴在那儿的两匹马——这两匹马是他从城里骑过来的，回城也要靠它们——此刻马儿们正漫不经心、不甚有胃口地嚼着干草。毕昂柯走进茅屋，拿起桌上放的卡宾枪，又回到平原上。

马群在平原上飞奔，数量越来越多，好像不时变换着队形一样四散开来，马蹄声回响在平原上，震荡在空气中，惊起了空中的飞鸟向四处逃散。天空开始下起毛毛雨，雨滴静静地拍打在毕昂柯的脸和头发上，他似乎浑然不觉，当他发现这群马并没有主人，就放下了枪，欣赏起了正全速奔来的马群。这片巨大的跃动的黑影将冬末昏昏欲睡的荒原唤醒，毕昂柯脸上的表情从警觉变成惊讶再到震撼。应该有两千多匹，至少两千匹马，他想，有些兴奋地来回踱步，用枪托敲了好几次地面好让自己冷静下来。

深色的马群有着几乎一样的毛色，以相同的速度和节奏朝着同一个方向狂奔。一个个分散的黑影聚合成了跃动的整体，火热的肌肉和凸起的筋脉构成一场感官盛宴，如雷般的马蹄声在空旷的平原上长驱直入，充斥着每个角落，连毕昂柯脑中感到震撼的念头都被越来越大的轰隆声盖过了，变成了他听不见也理解不了的声音。马群生机勃勃、整齐划一又充满野性，就像生命最原始的样子，像一股宇宙风吹过，分成无数个完全相同的个体；像暗夜的群星散落天际，全部由同一种物质构成；像由同一粒种子长出的柳树排成一排，从某个点看上去互相重叠、融合在一起，让人以为只有一颗；又像从天空中落下的滴滴细雨，闪着湿漉漉的微光照亮了灰色荒原上零星的物体。毕昂柯意识到无主的马群是在草原上寻找可以过冬的绿地，于是他向马群跑去，带着一个大胆的想法，就是要让马儿停下来，把它们据为己有、驯服它们。不期而遇的群马奔腾让他的血液不再冰冷，一直以来不管是面对加拉伊·洛佩兹、吉娜，还是雇工和生意伙伴，在所有人面前他都冷静果断、说一不二，但在他内心深处，在他因为砖红色头发和睫毛而显得怪异又孩子气的外表下，在他苦涩的嘴唇后面，他能感受到的震颤有时和这平原上飞驰而过的马蹄声一样强烈。然而，马儿们毫不理会他的追逐、他的动作，没有改变方向也没有改变速度，没有停下脚步，甚至没有发现他的存在，就好像和他身处不同的时空，它们从他身旁奔腾而过又迅速远离，继续沿直线向地平线的反方向飞驰，毕昂柯只看到起伏的深色后背因汗水或雨水闪着光亮。马蹄声渐渐小了，马儿们的身影在越下越大的雨水中模糊了起来，终于听不到声音了，只留下一个看不分明的、移动的黑影。当黑影最终彻底消失在地平线那头，才让人发觉它的出现本就不怀好意，它转瞬即逝又扰动一切，亦真亦幻，本就难以凭感知捕捉，而记忆的反复无常、不可考证只会让它显得更不真实。

毕昂柯还沉浸在对所见之景的震撼中，他甩了甩头，才发现下雨了，他不慌不忙地跑起来，不时跳过较高的荒草，就这样跑进屋里，看也没看因为他的出现而略微受惊的两匹马。他用房梁上挂的毛巾擦干了脸和头发，迅速整理了一下屋子，把两三本书和几页纸放进皮包里，又穿上了几乎到他脚踝的防雨斗篷，缓慢而小心地戴上了帽子，然后出门去套马。

"如果一切顺利的话，我傍晚就能和吉娜在一起了。"他想，于是用脚跟猛踢马的肚子催它快跑。马儿顺从地加快了脚步，它也许有点儿嫉妒另一匹马，因为那匹马暂时一身轻松地跟着跑，脚步从容甚至带点愉悦。绵绵细雨中男人和马的轮廓十分清晰，泛着灰色的潮湿微光照亮了他们；然而，在一览无余的空旷荒原上，他们的身影又显得有些鬼魅，因为他虽然正在驰行，却好像是在舞台中央假装骑马似的。只有周围的光在不经意间变换着色彩，光线齐刷刷地穿透泛白的雨滴，将雨滴变成了青灰色的薄雾，一小时后薄雾又骤然变绿，像水族箱深处的暗绿色，再后来又变成了越来越浓郁的蓝，凝结在毕昂柯和两匹马周围，落在草丛上，甚至让人觉得在这出骑马默剧里，马蹄踏入了颜料池子，搅动了一池的颜色。在夜色彻底吞没一切之前，毕昂柯换了马。他几乎没让马停下，只是稍微打乱了一下已经维持了几个小时的骑行节奏；在这几乎察觉不到的间歇后行程继续，直到毕昂柯和马的身影开始变得有些模糊，接着越来越暗、看不清楚轮廓，最后完全消失在黑暗中。

夜幕降临时他已经抵达了城市边缘，这里零星的几座房子从窗户向外面透着光。他浑身湿透、气喘吁吁，徒劳地催马快走，但是马儿因为害怕新出现的各种障碍物——树、房子、细雨中匆匆闪过的影子——不情愿快走，尽管十分焦急疲惫，毕昂柯也听之任之，所以他们几乎是慢慢踱步到家的。给马卸鞍的时候，毕昂柯注意到家里窗板紧闭，但透过窗缝能看到屋里的光。快速把马拴好以后，毕昂柯拿着他的皮包穿过门厅，几乎没有发出声响，接着他突然打开了客厅的门。

只见吉娜坐在椅子上，脖子靠着椅背，头微微后仰，腿伸长，脚搭在另一把椅子上，绿色缎面的鞋子胡乱散落在地上。她双眼微闭，脸上带着无比满足的表情，深深地吸了一口——这在毕昂柯看来有些不成体统——右手食指和中指间夹着的一根很粗的烟。加拉伊·洛佩兹坐在另一把扶手椅上，手里拿着一杯白兰地，身子倾向她，一脸坏笑地在对她说着什么。毕昂柯没法确定吉娜满足的表情究竟是因为烟，还是因为加拉伊·洛佩兹对她说的话。虽然她半闭着双眼，但似乎听得很入迷。

一瞬间，毕昂柯愣住了。他右手握着门把手，左手紧抓着皮包，被雨水打湿的面庞迎来了房间里被炉火暖热的空气。他让脸上的肌肉舒展了一些，以便掩饰头脑里正在翻江倒海的混乱思绪，疑问、恼恨、绝望、自轻、愤怒、沮丧、暴力，各种情绪快要喷薄而出，但当他看到吉娜从椅子上一跃而下、被烟呛了一口后开始咳嗽，加拉伊·洛佩兹站起身来、惊讶又有点茫然地向他走来时，他克制住了自己，带着缓慢、深沉的平静关上了门，走进房间。

"真是让人高兴的意外啊，*亲爱的朋友*。"加拉伊·洛佩兹说，他把酒换到了左手，伸出右手去和毕昂柯握手，毕昂柯抓住他的手，稍微握了一下就放开了。

"我得说，我也很意外，但不知道该不该高兴。"毕昂柯说，接着他走到还在因为呛烟而咳嗽的吉娜身边，轻轻拿走她指间的烟，扔到了壁炉里。

吉娜咳得眼泪都出来了。

"我以为你明天才回来。"她说，一边用手指擦了擦眼睛。

"下雨让我改变了主意。"他说。

"谁都不在，厨娘、女佣都不在，"吉娜有些不满又带点儿歉意地说，"我去看看能做点儿什么来吃。安东尼奥，您留下来吃饭吗？"

加拉伊·洛佩兹犹豫了一下没有回答，他看向毕昂柯，没能掩饰自己询问的表情，他想在毕昂柯那里找到答案来回应吉娜这个有些唐突的问题。但毕昂柯假装没看到他的目光。其实他也想盯着吉娜和加拉伊·洛佩兹的脸，探究他们脑中究竟有什么样的画面、回忆和想法正在迸发着火花。从他们眼底他查探不到任何想知道的东西，怀疑让他颤抖，让他面无表情又有些僵硬，他努力想表现得自然，不让自己内心的想法泄露。但是这需要他竭尽全力，尤其当他看到吉娜粉色收腰裙的扣子开到了胸口，露出来里面的羊毛衫（她冬天总是在裙子里穿件羊毛衫打底，既保暖又不失优雅），又或是当他想起一开门的时候撞见吉娜正伸展着双腿在椅子上抽烟，裙边几乎卷到了膝盖上，还有加拉伊·洛佩兹那不怀好意的笑，他正低声跟吉娜说着什么，让她脸上出现无比满足的表情，这一幕深深刻在了毕昂柯脑中，从他走进房间开始就在他脑海里不停萦绕。另外，他猜这次会面已经持续很长时间了，因为椅子旁边的茶几上有两个喝过巧克力的杯子——杯底残留的巧克力几乎干了——有吃剩的甜品餐盘，还有装着好几支烟蒂的烟灰缸。

毕昂柯假装也没听到吉娜的问题，继续等待，不做任何决定，不动也不说话。他被雨水打湿的脸和头发开始慢慢被壁炉暖干，脸上的皮肤随之松弛了一些。他不时感到帽檐周围的湿发在轻微颤动，被雨水拉直的头发重新卷曲起来。他几乎没意识到自己也希望吉娜或者加拉伊·洛佩兹能主动说点儿什么，但吉娜在问完那个问题后就没了动作。她有些窘迫，正慢慢从毕昂柯突然回来的错愕中平复下来，因为刚才被呛到而时不时清清嗓子；而加拉伊·洛佩兹在看了毕昂柯几秒、用眼神向他求助无果后，一口喝光了手里的酒，把酒杯放在桌上，开始若有所思地摸着精心修剪过的黑胡子。"已经过了太久，得说点儿什么了。"毕昂柯心想，接着他就像没听到吉娜的问题似的，强装自然地用沙哑又不无亲切的声音向加拉伊·洛佩兹提议：

"再喝一杯再走吧。"

"好吧，再喝最后一杯。"加拉伊·洛佩兹明白，这样晚餐的邀约就取消了，这杯酒就是解决方案。

"可以失陪一会儿吗？我去换身干衣服。我从三点就开始骑马，冒着雨赶回来的。"毕昂柯说。

"而我们却在屋里这么舒服地烤着火。这真让我惭愧。"加拉伊·洛佩兹说。

"我去厨房了。"吉娜说。她没跟加拉伊·洛佩兹握手就向他道别："或许明天再见吧。"

"明天我就回布宜诺斯艾利斯了，事情都办好了。"

吉娜回头问毕昂柯："我帮你脱掉靴子吧？需要干净衣服吗？"

"我自己来吧。"毕昂柯回答道。

吉娜看着地上的绿色鞋子，开始坐在椅子上穿鞋。三个人之间似乎达成了某种默契，就是毕昂柯不会在吉娜去厨房前离开房间。在吉娜穿上缎面便鞋去厨房前的几秒钟时间里，毕昂柯和加拉伊·洛佩兹静静地看着她，欣赏中也许还带着点儿怜惜：她是那样年轻，又那样性感，美而不自知，他们想象她除了美丽一无所有的柔弱模样，无疑被她过于紧身的粉色衣裙下欲盖弥彰的身体曲线扰动了心神。当她走出房间、关上身后的门，一种混合了哭泣、残酷和危险的感觉侵袭了整个房间，家具和打过蜡的地板轻微作响，炉火的噼啪声似有若无。毕昂柯随即走出房间，只看到走廊尽头的粉色长裙一闪而过，消失在厨房门边的阴影里。毕昂柯冒着细雨穿过蓄水池旁边铺着马赛克砖的院子，走到对面的走廊，走进卧室。他的眼睛刚刚适应黑暗就依稀看到的那团白色让他不用开灯也知道床铺是乱的。黑暗中他放下皮包，又回到走廊，脱掉帽子和斗篷放在藤椅上，随后坐在椅子上有点费劲儿地脱掉靴子放在椅子旁边。他穿着袜子悄无声息地再次走进卧室，开了灯，然后向盥洗室走去，把外套挂在椅子上，接着脱掉苏格兰衬衫、酒红色裤子、袜子和内裤。脱衣服的时候他一次也没看向零乱不堪的床铺：床单皱巴巴的，毯子堆在床脚，包裹着丝绸的一角已经拖到了地上，枕头对折成两半靠床头放着，一个白色大靠枕放在床中央，靠枕有点凹陷，好像有人曾经在上面躺过似的。他完全光着身子，臀部又扁又白，胸膛鼓鼓的，和依然弹性十足的肚子形成一个向外凸起的弧形；腿上、后背和肩膀上满是斑点，茂密的红色阴毛下挂着阴囊，阴茎隐藏在其间。毕昂柯开始从盆里舀水冲洗，这时他才敢看向床铺，透过盥洗室上方挂着的折叠镜可以看到床的全貌，似乎用这种间接的方式看床可以消解、撤回那无数让人厌恶的念头。这些念头就像从着火的蚁穴中惊慌逃窜出来的蚂蚁一样，因为失去了黑暗的庇护而变得混乱无序，在他的意识里左冲右撞。他把水罐放在盥洗室的大理石台面上，赤身走到床边坐下。手背、手腕和小臂上稀疏的红色毛发因为冷或是其他什么原因竖了起来，皮肤上也全是小小的突起，把毛孔都撑大了。他向床中央的靠枕俯下身去，徒劳地想用手掌抚平床单上的褶皱，然后眯起眼睛开始关切细致、无比专注地检查起来，他感到自己颈部的脉搏在一下下跳动，后背的肌肉开始僵硬酸痛。

当他梳洗完毕，换上了便鞋，身穿苏格兰羊毛做的格子衬衫和电光蓝的天鹅绒裤子走进客厅，加拉伊·洛佩兹对他说："真是焕然一新了，*亲爱的朋友*。"他的衬衫、裤子都和下午那身颜色不同，但还是一样不协调，似乎他在感知力方面的某种异常或是他人性中的黑暗地带需要丰富的颜色来加以平衡。加拉伊·洛佩兹则正相反，他像一个打扮时髦的公子哥，熟练搭配三四种特意挑选的暗色调就能穿出优雅。毕昂柯做了一个模棱两可的手势，既是请加拉伊·洛佩兹坐下，也是为了让他的换装显得没那么刻意。他不是没有注意到，在他离开期间，吉娜回来过，因为甜品盘、巧克力杯和烟灰缸都不见了。毕昂柯坐在加拉伊·洛佩兹对面，只给自己倒了一杯酒，用中指和无名指夹着杯足，让酒在掌心慢慢变热，他靠在椅背上，毫不掩饰地向加拉伊·洛佩兹投去了质询的目光。

"我以为您在布宜诺斯艾利斯。"他说。

加拉伊·洛佩兹点点头，开始解释：为了能跟毕昂柯签署围栏进口公司的合同，他需要和父亲商量一下，因为他从母亲那里继承的财产要用来付生活费——布宜诺斯艾利斯像头怪兽，只有定期吞食金子才能平静下来——按照和毕昂柯商定好的条款，只有依靠父亲的资金支持，他才能有足够的钱入股公司。所以趁着医院那边没事，他上周就坐船来这里准备小住几日，上周日晚上到的，明天，也就是周五傍晚，他就会乘坐从巴拉圭来的船回去，这样正好赶上周日晚上去医院值班。不过毕昂柯不用担心，一切都安排好了，父亲不光答应出钱，还答应即便是以后加拉伊·洛佩兹出了什么事，父亲也会继续出资合办公司——当然是在毕昂柯同意的前提下。昨天下午他们俩已经去有关部门签好了协议，所以从昨天下午开始，他和毕昂柯就已经是正式的合伙人了，已经可以开始做进口贸易了，他为此感到十分骄傲。

上周日晚上！毕昂柯颤抖了一下，但是没有表现出来。他握紧了拿着酒杯的手，他正好是从周日晚上开始住在草原上的，他不在的这段时间加拉伊·洛佩兹有可能天天都来家里。他脑海里又出现那幅可怕的画面：吉娜半闭着双眼吸着烟，脸上带着无比满足的表情，与此同时加拉伊·洛佩兹一脸坏笑地靠近她说话。他把手指松开了些，喝了一口酒，假装不经意地用亲切的语调问道：

"那您弟弟呢？是什么反应？"

加拉伊·洛佩兹的脸黯淡了。唉，*亲爱的朋友，没救了*。每次他从布宜诺斯艾利斯回来，弟弟胡安都会在平原上消失几天，直到确定他已经回去了才会出现。不知道为什么会有这么大仇恨。弟弟还只是个少年，就已经让全家都害怕他了。连父亲也有点怕他，得鼓起全部勇气才能下定决心把合同签了。其实父亲同意加拉伊·洛佩兹预支一部分财产还有个原因，就是他内心深处知道如果自己死了，胡安会占有一切。不是出于贪婪，只是单纯因为仇恨。加拉伊·洛佩兹停下来，带着遥想的表情喝了一口酒，看着毕昂柯温和地笑了：

"不说这些没意思的事儿了。您怎么样？这次冥想还顺利吗？"

毕昂柯向天花板仰头："被雨打断了。"

他不愿意再继续这个话题。他觉得在看到刚刚那一幕后，和加拉伊·洛佩兹谈论除了围栏进口公司以外的其他话题、推心置腹地讲述自己要驳倒实证主义者的计划，都只会让他在对方面前显得更加弱势，更加任其摆弄。如果他刚到家看到的那一幕真的意味着他内心所怀疑的事，情况就更是如此了。所以，他费尽力气穿过层层的失意和痛苦，尽可能用最愉悦的声音向加拉伊·洛佩兹讲述他午后看到两千多匹野马在草原上奔腾而过的场面，马群肯定是在寻找过冬的地方，这让他想到进口围栏真的迫在眉睫，他们合伙开公司的计划简直太明智了。

"明年秋天我就给草场装上围栏，别人看到效果自会来跟我们买围栏。"

"我对此毫不怀疑。"加拉伊·洛佩兹说。

毕昂柯看向他，加拉伊·洛佩兹的热忱看起来不像是装的。他黑色的头发和胡子经过精心修剪，服帖地围着苍白的脸；黑色眼睛里闪着坚定的光，眼神明亮而坦诚，有时还会带着近乎傲慢的挑衅。加拉伊·洛佩兹突然起身，把还剩一点儿酒的杯子放在茶几上。

"在这里的最后一晚我想跟父亲和妹妹们在一块儿。"他说，"我们下次会在布宜诺斯艾利斯见面吧？"

"眼下恐怕不行。"

"也许明年能再见吧。我应该也很久不会到这儿来了，这儿的空气有害健康。"

毕昂柯站起来，陪客人离开温热的客厅，走入漆黑冰冷的门厅。还拴在桩子上的两匹马默默忍受着小雨，不时踢踢街上的泥。两个男人在门前停下来。

"我去把马牵进来。"毕昂柯说。

黑暗中，毕昂柯伸出手来，这个动作有点滑稽，因为漆黑一片完全看不到他的手。但是加拉伊·洛佩兹以不同寻常的热情拥抱了他，快速有力地把他拉向自己，动作大到让双手垂在身体两侧的毕昂柯在被松开时有些踉跄。拥抱的瞬间，加拉伊·洛佩兹在他耳边说道：

"我在这里过得非常愉快，*亲爱的朋友*。"

毕昂柯在门口待了一会儿，听着合伙人的脚步声在黑暗中远去。然后他决定冒雨去街上牵马。

"我只找到了这个。"晚些时候吉娜说。她端来了一个土豆饼，把空汤盘收起来放到碗柜上，然后在桌旁坐下。毕昂柯耸耸肩膀作为对吉娜的回应，他把土豆饼切成两份，把盘子推给吉娜让她先拿，又给自己倒了杯红酒。在明亮安静的餐厅里，这对夫妻日复一日在晚餐时重复着相同的动作，就像舞台剧一样，每步移动都是计算好的，每个表情都经过设计。这些动作慢慢填满流逝的时间，半透明的、触摸不到的时间，就像用彩色珠子把透明的瓶子装满。吉娜严肃专注地用叉子边缘把黄色的土豆饼切成小块，心不在焉地送入口中慢慢嚼着。她的嘴半张着，每隔一会儿、吃三四口才会咽一次。突然，在试着叉起一块小小的饼时，她把叉子往盘子里一丢，跑出了餐厅。毕昂柯在走廊找到了她，她正站在从厨房透出来的一道光中央。光照在院子里像被拉长的梯形，照亮了一小片慢慢落在马赛克瓷砖上的白色雨雾。吉娜的肩膀因抽泣而颤抖，当感觉到他走近时，她开始用衣袖擦拭眼泪和鼻子。毕昂柯面无表情、不露声色地走到她身旁，没有碰她，而是等着她抬起眼来看他。走廊旁边的院子里，绵绵细雨落在两人在瓷砖地上被拉长的影子上。

"你不该把我的烟抢走，"吉娜说，"我现在还是觉得很丢脸。"

毕昂柯不知该感到愤怒还是解脱。他一路跟她来到走廊，本以为她因为被撞见和加拉伊·洛佩兹暧昧独处，已经决定把那计人无法接受的事实和盘托出。但此刻他站在她身旁，她却开始指责他的一个小小的举动，而且如果他没记错的话，他那样做也并不是要给她难堪，而是想要保护被烟呛到咳嗽的她。但同时，他内心深处也承认，在他开门的那一刻吉娜吸烟时脸上那个极其满足的表情是他感到错愕的主要原因。

"我那样做是因为你在咳嗽。"毕昂柯假装惊讶地说，语气无辜而关切。

吉娜哭得更大声了，上气不接下气地抽泣着，她的手抓住毕昂柯的衬衣使劲儿拽。

"整个下午我都得忍受你的合伙人，给他准备巧克力、白兰地，听他说些蠢话……"吉娜抓着毕昂柯的衣服使劲儿晃他，配合着摇晃的节奏几个字一顿地说道，直到毕昂柯用力抓住她的手腕，把她的手从衣服上扯下来。随后，他靠近她，别有用心地低声问道：

"他对你说什么了？做什么了？"

吉娜的哭声戛然而止："他太无聊了，我一直盼着他赶紧走，我好回到床上再睡会儿。"

"你一直在床上？一整天？一个人？"

"不是，我还能跟谁在一块儿呢。"吉娜说。

"我是说一整天一个人，不是一个人在床上。"毕昂柯说。

吉娜笑了，抱住了他。

"我完全理解反了。"她说，然后轻轻吻了他的脸，"你别在任何人面前那样对我了，别再那样了。我怕。"

"不会了，不会了。"毕昂柯快速地喃喃说道。他拉着她的胳膊慢慢把她带回了餐厅。在对加拉伊·洛佩兹种种怪癖的调侃中，他们吃完了晚饭。吉娜说加拉伊·洛佩兹想做剧作家，但其实他小气又自恋，从他注重仪表和穿衣就看得出来——胡子总是精心修剪过，头发总是香喷喷的，她觉得他没有一个表情是自然不做作的。毕昂柯惊讶于吉娜的滔滔不绝，反而维护起了加拉伊·洛佩兹，说他是个好医生，刚到布宜诺斯艾利斯那会儿，要不是他，自己的手指就保不住了，而且跟他聊天是那样有趣。说着说着，毕昂柯的情绪开始被阴云笼罩，他怀疑吉娜会不会是在暗中用计专门把他往相反的方向引导，让他没法发现原本应该发现的事情。吉娜已经摆好了桌子，把脏盘子放在橱柜上方便女佣们明天收拾，她注意到了毕昂柯眼神里闪过的阴翳，于是向他提议一起练习。她说毕昂柯出门的时候她一直在练习专注力，就在今天下午她还在床上放了一个靠枕，把肩膀和头枕在靠枕上试着和毕昂柯进行心灵感应。没等他回话，吉娜就打开写字台的抽屉，拿出练习的工具，把它们放在一尘不染的木桌上。

"我太累了，没法集中精神。"毕昂柯说。

"也许今晚我们就能成功。"吉娜说，她把手放在毕昂柯肩上，温柔地拍了拍他，试图让他振作起来。

毕昂柯看了看她，随即把他们称为工具的东西在空无一物的桌面上铺开：那是三张完全一样的淡蓝色长方形硬纸牌，四个角有轻微的弧度，像三张扑克牌，但当毕昂柯把它们翻过来，出现的不是扑克牌常见的花色，而是三张儿童游戏牌，每张上面各画着一种果子：一个核桃、一根香蕉和一串葡萄。图画的线条粗而清晰，像几何图形一样简洁明朗、凸现实物的特点，每张牌单一的底色使上面的图画格外显眼。白色背景上浅棕色的核桃是椭圆形的，一分为二并列挨在一起，两半核桃上画着对称的曲线，代表核桃仁上的沟壑；黄黄的香蕉斜斜地印在粉色背景的卡片上；那串葡萄实际上由数个蓝紫色的小圆圈构成，它们不规则地排成几行，从上到下越来越少，形成一个倒三角，在肉色的背景上有种立体的感觉。毕昂柯站起身，最后看了一眼卡片，随后吉娜走到了他的位置上。

毕昂柯摸黑走进了客厅。他等了几秒钟，让眼睛适应了黑暗，然后灵活地穿过家具，坐到了椅子上。他用一小会儿时间做了一系列动作：转动肩胛骨、摇头放松颈部肌肉、拉长手指让关节发出响声、缓慢地揉揉眼睛，然后他用手遮住脸，接着马上双手交叉轻轻放在膝头、闭上眼睛一动不动了。接下来的四五分钟时间里，除了毕昂柯几乎察觉不到的呼吸声，整个房子里听不到任何人声，只有时不时传入耳中的木地板或某个家具发出的声响，清晰得让人难以置信。听不到像静谧的白雾一样将整个平原厚厚包裹起来的雨声，却能听到雨水积聚在树上、房梁上、排水口的声音。雨水或滴滴答答，或犹疑不定，形成时断时续的水流。终于，毕昂柯坚定果断地站起身来，没有一丝犹豫地用灰白的手捋了捋在黑暗中依旧醒目的砖红色头发，穿过客厅回到了餐厅。吉娜坐在桌前，手抚太阳穴闭着双眼。听到客厅的门开了，她睁开了眼睛。桌上有一张卡片面朝下放着，只能看到统一的淡蓝色背面。毕昂柯走到吉娜身边。

"葡萄。"他说。吉娜摇摇头。

"是核桃。"她说，接着用两根修长纤细的手指把卡片翻了过来，只见白底上分明是浅棕色的椭圆形，上面布满了对称的沟壑。

当他走进卧室，发现吉娜在晚饭前就已经把床铺好了。白绿条纹相间的床罩柔软光滑，在灯光下闪闪发亮。已经换上睡衣的吉娜从另一道门进来，哈欠连天地伸着懒腰，掀开床罩钻进了毯子里。毕昂柯不慌不忙、一丝不苟地脱了衣服，想象着几分钟后即将拥入怀里的身体，温暖圆润的年轻肉体。但等他上床时，吉娜已经睡着了。毕昂柯欣赏着吉娜的身体：这不理智的物质产物就在他眼前，他可以用自己有些粗糙的手去触碰它，可以用指腹、嘴唇、舌尖将它深深探究，品味其中的复杂和甘美，但无法触及的内在不属于他，在他抵达不了的地方，独一无二、不可与人诉说的回忆也许正以新的形态摇曳生姿，那是吉娜从这贪婪厚重的世界用自己的身体捕获的专属体验。毕昂柯关了灯，把自己裹进被单里。当他醒来时，灰蒙蒙的晨光从天窗洒进来，吉娜穿着睡衣坐在化妆镜前。发现他睁开眼后，吉娜透过镜子看着他的眼睛，自然又笃定地说道：

"他上了我两次，没有拔出来，他让我高潮了。"

毕昂柯大叫着从床上跳起来，吉娜醒了过来。

"怎么了？"她问。

毕昂柯没有回答，又躺进了床里。吉娜嘴里嘟囔着什么起了床，光着脚走在卧室地板上。毕昂柯眼睛紧闭，头陷在枕头里，听着她在房间里犹豫地走来走去。刚刚的梦本该让他感到恶心、厌恶，却意外地让他十分兴奋，他把阴茎握在手里箍住，翻身靠在床头，看着此时无比真实的吉娜在盥洗室的镜子前脱掉衣服准备洗澡。吉娜感受到了他的目光，带着困意透过镜子对他微笑，就像在那个梦里一样。毕昂柯能够清楚地感受到，在他身体里仇恨和欲望像两条暗流急速涌动，就快要交汇在一起不分彼此。他想要用一种不带优越感也没有询问意味的中立目光继续盯着吉娜，但她已经心领神会。她把刚刚拿起来准备放进盆里的水罐一丢，回到床前，脸朝下躺了上去。她深色的屁股圆鼓鼓的，平滑又富有弹性，大腿后方立起来细细的汗毛。吉娜将脸埋在白绿色条纹的床罩里，抬起眼来看到毕昂柯正直勾勾地盯着自己的屁股，她不合时宜地笑了，一开始是嘲讽的笑，但最后眼里的笑意带上了如梦般伤痛的气息。"我的屁股。"她一字一顿地说，语气里带着恼人的惊讶和责怪，她很难理解对自己来说这个无关紧要甚至陌生遥远的身体部位居然让毕昂柯如此着迷。然而紧接着，似乎是违背自己意愿似的，她闭上了眼睛，呼吸变得急促起来，舌头开始在嘴里疯狂挑动，红色的舌尖不时一闪而过，脸颊被舌头顶起又落下；与此同时，她的腹部也开始在白绿条纹相间的床罩上打着圈儿扭动，很快这种扭动蔓延到全身，尤其是她那浑圆发亮的屁股。毕昂柯从床上起来，脱掉衣服，除了仇恨和欲望，此刻他心里又多了一层恐惧，他确信吉娜的欲望与他无关，这欲念的浪潮超越所有目的、情感和决心奔涌而来，像是自主的存在。他抓起她的肩膀把她翻过来，让她面朝上躺着。一道纵向的毛丛自吉娜的肚脐开始一直延伸到她的腹部，和阴部的三角地带构成了一个黑色的箭头，准确无误地指向通往红色深渊的道路。毕昂柯进入了她的身体。他带着恐惧，让自己撞上正在颤抖的身体，这偶然的存在、这鲜活的形态，它变幻的模样、它本能的欲求、它贪婪的组织、它丰沛的体液都各从其律，除此之外再无章法可言。在这由淋巴、神经、皮肤、沸腾的血液聚合成的物质形体面前，他又一次缴械投降，不再有活着或重新开始的欲望，他又一次成为第二位的物质那污秽爪牙下的囚徒，连他的恶心和怀疑都被抹去，他被拖行在黑色的小路上，不知过了多久，高潮突然临到，释放、孕育、延续生命的精液喷薄而出。

入夜了，牧羊人都已睡下，只留一人继续看守羊群。过了一会儿，看守的人把其他牧人摇醒，大声对他们说话，他很兴奋，几乎要喊起来："你们睡觉的时候，天使给我们带来了好消息，在伯利恒的一个马槽里，有位君王正在诞生，就像我们放牧绵羊和山羊一样，这位君王会牧养我们。快醒醒，快起来，我们得出发去伯利恒。"于是，牧羊人们有些困惑地站起来，揉着睡眼，不太清楚自己是醒了还是仍在梦中，在夜色里跌跌撞撞地踏上了去往伯利恒的路。突然，他们中的一个人抬头看天，发现群星之中有一颗星星在移动，它似乎来自东方，肉眼可见地越变越大。其他星星都静立不动，只有这颗星在朝着天空的一角飞去，牧人们确信它会正好停在伯利恒上空。路上遇到的一队人马证实他们想得没错。为了不错过这样的景象，牧羊人加快了脚步。当赶到这队人马最前面时，牧人们得知这是东方三王[1]和他们的随从，他们也要前往伯利恒，因为他们也看到了同样的异象。一个随从和牧人们说，天使从天而降告诉三王，就像他们统治自己的百姓一样，刚刚降生在伯利恒的婴孩会统治他们，成为万王之王。于是，牧人们加入了大部队。那颗又大又亮的星沿着自己的方向在天空中不停移动，准确无疑地为人们指明伯利恒的方向，其他星星在它的映衬下都显得黯淡、静止、寂寂无名。路途中，越来越多的人加入进来。他们在各自生活的灰色网罗里做着越来越无力的抗争，期待着终于能有一个事件、一次显现来拯救他们脱离灰网的缠累。农民、贵族、女人、男人，那些被罪辖制却仍怀有希望的人，那些渴望能一下睡着不惧噩梦的人——昼夜无法入睡就是他们最大的梦魇——那些在日光之下饥饿痛苦、神志不清的人，那些想要知道自己身处这片不毛之地忍受烈日炙烤究竟是偶然还是出于神旨意的人，越来越多的人从黑暗的原野上走出来加入了朝圣的队伍，他们困意未消、不可思议地盯着那颗星。是个农民，出生在伯利恒的是个农民，人们彼此小

1　也称"东方三博士"。根据《圣经》记载，耶稣降世后，有三位东方的王去伯利恒朝拜耶稣，并带去黄金、乳香和没药作为礼物献给他。

声说道，就像我们耕种土地一样，他也会耕种我们，让我们身上长出冲破暗夜和绝望的绿色生命。那颗星星最终在伯利恒上空停住，它又变大了一些，在其他遥远黯淡的星光映衬下显得更明亮了。

人们一时之间有些不知所措，因为整个村子还在沉睡之中，不管是东方三王、农民，还是牧羊人，都不知该何去何从。星星微蓝的光似乎指向一个马厩，小声商量后，三王走在前面带领大家前往那里。他们推开有些破旧的木门走了进去，黑暗中几乎什么都看不到，于是他们点着了一个火把，在火光映照下跳跃闪动、有些变形的影子中间，他们找遍了马厩，却发现里面除了沾满灰尘、年久未用的马鞍和地上散落的干草外，分明一无所有。一阵低语像迟疑的声波回荡在充满期待的人群中，有些人没听清楚那几个字，还需要用失望或惊恐的语调再小声重复几遍："里面是空的。什么？是空的，好像是空的。"也许我们搞错马厩了，有人说，或者我们理解错星星的指示了，它指向伯利恒但不一定非得是这个马厩，又或许星星的语言是类指的，它指向这个马厩，但并不意味着就是在这里，而是泛指马厩，东方三王、农民和牧人要借着这一指示寻找真正的那座马厩，那座万王之王、万主之主、牧者中的牧者决定于此现身的唯一的、注定的马厩。所以眼前的马厩是为了表明类别，只是那座真正的马厩的一个抽象符号。人们从这里出来，开始在熟睡的村子里寻找。他们分成了几队，越来越期待、越来越不安、越来越混乱，带着不断高涨的热情开始搜寻那座真正的马厩。宁静的村子里充斥着说话声，后来逐渐变成了叫喊声，人们点起火把，在跃动的火光中四散在石头丛生的巷子里，狂热地打开甚至是撞开一座座马厩的门。伯利恒的人们被吵醒了，纷纷从屋里出来：这是什么声音，怎么这么吵闹，他们互相问道，直到看见三王带着一小撮人完全无视村民，强行打开了一座马厩的门，里面只有还没完全从睡梦中清醒过来的两三匹马。我们是东方的王，三王向一脸惊奇的村民们解释道，我们是跟着那颗星星的指示来到伯利恒的，因为它的星芒指向这里的一座马厩，在那儿有一位君王刚刚诞生，我们地上所有的王都是他的子民，他是昼夜都看顾牧羊人的牧者。伯利恒人笑了起来。谁跟你们这样说的？村子里没有人出生，你们想问谁都可以，但好几周以来都没有任何出生记录，不仅如此，没有人出生也没有人死亡。如果这些外来者不相信他们说的话，他们伯利恒人有证据可以证明：就在昨天，叙利亚的巡抚居里扭奉奥古斯都·恺撒之命，进行人口普查，村子里的所有人都被聚集起来、反复数点过，和预估的人数完全一样，自从收到要进行人口普查的命令以来没有人出生也没有人死去，没有人能逃避检查，所有人都已登记上册。伯利恒人并没有因外来者的突然闯入而恼怒，他们抬头仰望天空：那颗星星确实很大，比一般的星星大一些，但也不至于过大。在巴比伦和迦勒底，已经有了对天空的精确研究，但也没从星星的光芒、路线和体积中看出什么预言。至于被这些外地人视为标记的芒角，对他们伯利恒人来说，只是因为今天晚上星光很灿烂（他们很幸运能拥有万里无云的天空，也许东方的天空并不是这样），星光并没有在指示任何东西，没有在指示某个特殊的马厩，甚至压根儿没指向伯利恒，因为以星星和村庄的距离来看，要说星星指向这里实在是太武断了。不，不是的，被他们看作征兆的只是偶然事件，三王和牧人看到天使降临只是一场美梦，并不比幻象更真实；而星星变大、变亮、从天空划过，正好被他们在路途中、在相遇的原野上看到也不过是巧合。看吧，快看：黎明就要来了，星星也要退去了，现在还不明显，但再过一小会儿，等黎明到来的时候，就能清楚看到了。三位国王、牧羊人还有农民三五成群地站在那里，困惑地看着天空，他们没法相信那颗星星会退去。伯利恒人在旁边笑起来：他们是一群农民，没错，牧羊人，还有来自东方的王，那里的人们太过轻信、有点落后，他们太没见识了，

049

不过他们虽然无知，但是看起来没什么坏心思，我们就把伯利恒所有的马厩都打开好让他们相信吧。

于是伯利恒人就这样做了。带着稍显刻意的忍耐和有些夸张的纵容，伯利恒人不仅向这些外来者打开了马厩，连所有的旅店甚至是自家的大门都对他们敞开，向他们展示所有的房间，还把怀里的婴儿掀开被子给他们看，有时候还会举起来让他们看得更清楚些，以便证明其中没有新生儿，没有婴儿前额带有什么天命标记，都不过是商人、匠人或税吏家的胖娃娃。终于，外来者被说服了，他们走出屋外，看到此时夜色将尽，天边开始泛白。伯利恒人在回去睡觉前对他们说，你们想去哪儿找都可以，我们把钥匙留给你们，你们可以去周围田野上的茅屋找找，也可以去附近的村子看看，跟他们说是我们让你们去的，他们会给你们打开所有的门。街上只剩下这些外来的人，空气变得冰冷凝重，人们抬起头，发现那颗星星已经看不到了，它又变回了一颗普通的星，和其他星星一样黯淡、遥远、冰冷，已经无法在群星中辨认出来。晨光开始将点点星光抹去，人们无言地散开，农民趁着太阳还没开始炙烤大地去耕种，牧人去找他们的牲畜，幸运的话，也许它们还在原地耐心地等待着主人回来，东方三王则带着没送出去的礼物原路返回自己的国度。灰色的空气中，灰头土脸的人们走在灰色的石头路上，太阳冷漠地照常升起，很快会变得炽烈起来，将灰石照亮，而太阳本身也是偶然的产物，源于同样无意又转瞬即逝的巧合。

　　毕昂柯有些茫然。他一周前才刚坐船来到这里，现在正在和几乎比他小十五岁的加拉伊·洛佩兹医生一起在酒店餐厅吃饭，正是加拉伊·洛佩兹把毕昂柯手指上的脓包弄破，阻止了主任医师把他的手指切掉。两天后，在第二次见面给他清理伤口、更换纱布的时候，加拉伊·洛佩兹跟他说起帕拉塞尔苏斯[1]和毕达哥拉斯[2]，分别用英语和法语为他朗诵柯勒律治[3]和波德莱尔[4]的诗（其实当时波德莱尔的书迷还很少，毕昂柯根本没听说过他），还邀请他共进晚餐。饭后，加拉伊·洛佩兹用他惯常的、夹杂着法语、英语、意大利语的说话方式向毕昂柯详细讲述了他写的剧

1　帕拉塞尔苏斯（Paracelsus，1493 年—1541 年），出生于瑞士，文艺复兴时期著名的炼金师、医生和自然哲学家。

2　毕达哥拉斯（Pythagoras，约公元前 570 年—约前 490 年），古希腊数学家、哲学家。

3　塞缪尔·泰勒·柯勒律治（Samuel Taylor Coleridge，1772 年 10月 21 日—1834 年 7 月 25 日），英国诗人、文学评论家，英国浪漫主义文学的奠基人之一。

4　夏尔·皮埃尔·波德莱尔（Charles Pierre Baudelaire，1821 年 4月 9 日—1867 年 8 月 31 日），法国十九世纪最著名的现代派诗人，象征派诗歌先驱。

本——他称之为讽喻剧，题为《东方三王》，共有七幕。他信心十足地讲述着自己写的故事，像舞台剧演员一样表情丰富、动作夸张，故意以这种方式自嘲，但当故事讲完后，他靠在椅背上不动了，黑色的大眼睛盯着毕昂柯，有些急切地想要通过对方的眼神揣度其对自己文学创作的反馈。

事实上，毕昂柯的文学鉴赏能力甚至他对文学的兴趣都十分有限——如果不说是完全为零的话——所有报纸、杂志和书本上有关物质和精神关系的作品他都称之为文学，对他来说这是唯一重要的题材，所有认为精神高于物质的作品都是好的，反之都很糟糕。虽然加拉伊•洛佩兹的讽喻剧似乎更像是第二类，但出于礼貌，同时因为加拉伊•洛佩兹对他手指的感染给予了精心的医治，也是他在这片陌生大陆上唯一能交谈的对象，毕昂柯没有发表绝对性的意见，只是在故意迟疑片刻后提出了一个模棱两可的见解。有可能，他说，故事设定得太过于物质主义了。

加拉伊•洛佩兹宽容地笑笑，放松下来："错了，*亲爱的朋友*，艺术既不是物质的，也不是精神的，艺术就是艺术。"

毕昂柯表示同意，虽然他并没有完全理解加拉伊•洛佩兹的话，而且对自以为理解的部分也压根儿不认同，但他很高兴加拉伊•洛佩兹没有因为他的不同意见而生气。这一方面是由于布宜诺斯艾利斯难耐的酷暑让他脑袋发晕，只有洛佩兹医生的陪伴和他随性的谈话能让他分散一下注意力，而且也为他尽快开启平原生活带来了非常有用的信息。另一方面，更重要的原因是，两天前洛佩兹医生第二次去医院看他的时候，他们俩惊奇地发现了一个可喜的巧合，那就是毕昂柯位于平原北部萨拉多河以南的那块地正好毗邻加拉伊·洛佩兹家的土地。在惊喜地确认了这一事实并为毕昂柯能安顿下来提供了必要的帮助信息后，快要给毕昂柯受伤的手指包扎完毕的时候，加拉伊·洛佩兹的眼神突然变得有些黯淡。而眼下两人刚刚在酒店餐厅吃过晚餐，毕昂柯好奇于当时加拉伊·洛佩兹情绪的转变，想要找机会聊起这个话题，探究他内心的想法。出乎他意料的是，加拉伊·洛佩兹点了根烟、若有所思地吸了几口后，自己重启了这个话题。

"您可能想问为什么我一个人住在布宜诺斯艾利斯，而我家里人和家族产业都在五百公里之外。"他说，脸上带着已经准备好吐露心意的表情。

"我没想问这么失礼的问题。"毕昂柯说谎了，不是因为虚伪，而是觉得没必要表现出太多兴趣，因为他基本确定加拉伊·洛佩兹马上就要坦陈一切。

"那座城市让我窒息。从十八岁开始，我就让父母送我到欧洲读书。我在巴黎、伦敦、罗马待了七年，去年回来跟家里人住了一个月，感觉比离开前还要窒息，所以我决定在布宜诺斯艾利斯定居。"

毕昂柯静静地听着，双手轻轻地放在能看到面包屑和淡淡酒渍的黄色餐布上，灰白色手背上稀疏的红色汗毛根根分明。他神情礼貌又克制，甚至有些疏离，他试图以尽可能最自然的方式让自己看起来对所听到的一切都全然理解、全然相信。然而他心里却感觉到，在如此坦白的氛围下对方言辞泛泛的介绍背后有什么东西被欲言又止。直到他终于想明白，加拉伊·洛佩兹恰恰因为他表现得过于相信一切才受到了束缚，正期待他可以给出更感兴趣的回应才好继续说下去。

"我觉得自己也经历过类似的问题。"毕昂柯说。

加拉伊·洛佩兹把身子倾向他，轻轻摇摇头想要驱散烟雾。

"家庭问题吗？"他小声地问，眼神迅速从其他桌子瞟过，对毕昂柯的隐私比对自己的更谨慎小心。

毕昂柯做了一个意味不明的含糊手势，给了对方一个似是而非的回答。这样的回应因为过于模棱两可而显得有些突兀，不光没能止住加拉伊·洛佩兹的好奇，反而以最意想不到的方式，让他第一次产生了想要无礼追问的冲动，他想探究毕昂柯迷雾一般的过去，随着时间推移他越来越大胆地不再掩饰这种冲动，为的是激怒毕昂柯，迫使他不再守口如瓶。更让人意想不到的是，毕昂柯的讳莫如深非但没让加拉伊·洛佩兹沉默不语，反倒让他变得更加坦诚，甚至更加健谈，就好像毕昂柯对过去的谨慎不言让他自己的生活也显得没那么尊贵，甚至最私密的细节都能毫无保留地公之于众。听着他情绪多变又离经叛道地讲述着自己的家庭，毕昂柯想，他还是个少年，外表开始变老，但是内在还没有完全成熟。

　　加拉伊·洛佩兹说，让他窒息的不只是他的家乡。所谓的城市不过是散落在大河周围的低矮房屋，像荒漠一样迷失在满是毒蛇和鳄鱼的岛屿中间。在那里除了等死没事可做的老处女和老光棍在窗子后面暗中窥探，漂亮的女继承人几乎大字不识一个，二十岁的小伙子只需凭借在科尔多瓦[1]或布宜诺斯艾利斯的关系获得一纸文凭，就能保证自己二十年后也能坐上省长的位子。城郊荒凉得可怜，酷暑时分到处都是被晒干的垃圾和动物腐尸。富人们有自己的庭院，彼此都是亲戚，他们瓜分了几乎整个平原，只需要让牲畜不断繁殖就能不断赚钱。让他窒息的不只是那座城市，加拉伊·洛佩兹继续说，虽然在夜里没有一个人可以

1　阿根廷的重要省份，位于布宜诺斯艾利斯西北部。

交谈，没有任何能交流的对象，任何有别于掌权者所规定的思想或情感都无人可诉。那些无名的夜晚，那些无法言说的悲伤和空虚，就让人足有理由希望这片大言不惭自称为城市却没有任何存在价值的村落像索多玛[1]和尼尼微[2]一样被夷为平地。

"从这点来说所有城市都一样，"毕昂柯打断了他，"不管是巴黎、伦敦，还是罗马，都一样。"

"或许吧。"加拉伊·洛佩兹说，像是没听到毕昂柯的话。之后，他好像自言自语似的又重复了一遍："或许吧。"

让他窒息的不仅仅是那座城市，更是他的家人：父亲、两个妹妹、一个弟弟。母亲在生弟弟的时候过世了。加拉伊·洛佩兹压低了声音准备说接下来的话，并不是怕人听见，而是被一种充满恨意的呻吟哽住了喉咙，他身子微微前倾，半闭着眼睛，然后盯住毕昂柯上下打量一番，好像在准备迎接即将出口的话会反弹给自己的不可避免的重击一样："生下那样一个纵火犯怎能不付上代价呢！"

听到这句话，毕昂柯微微摇了摇头，接着看向桌上已

---

1 《圣经》中记录的罪恶之都，因犯罪被神毁灭。
2 根据《圣经》记载，尼尼微是亚述帝国的都城，因犯罪被神惩罚，被巴比伦王国倾覆。

经空了的深色酒瓶。加拉伊·洛佩兹猜到了他的想法，笑起来：

"不，*亲爱的朋友*，请别把我的愤怒归咎于酒精上头。"

"不，我只是想再点一瓶。"毕昂柯说。

"来瓶白兰地吧。"加拉伊·洛佩兹说。

他们点了白兰地。大街上本就暑气逼人，餐厅里更是酷热难耐。白兰地让加拉伊·洛佩兹额上渗出发黄的汗珠，汗珠从颧骨上滑过，在他脸颊上留下弯曲的几道后落入了他黑色的胡子里。一位客人喊服务员把门都打开透透气。天色尚早，除了人们的交谈声外，还能听到大街上马蹄和车轮从石板路上踏过或滚过的声音，像背景音一样。我没用错词，他就是个纵火犯，加拉伊·洛佩兹说，我对此深信不疑。

于是他继续讲述，平原上的土地划分一点儿都不精确，牧场主随意占有土地，就好像整个省都是他们的。从一个世纪前，他们开始驯化野生动物起，事情就是如此。他们把印第安人圈在几十公里的范围内，把抢来的土地由三四个家族瓜分干净。省长、法官、主教、军队首领都出自这几个家族，他们彼此通婚，就像他们的牲畜一样不断繁衍壮大。而他自己的家族是其中势力最强的，省长是他的亲舅舅。扩大家族、扩充牧群、扩张土地是他们唯一关心的事。本来他父亲可以做省长，但自母亲去世后，父亲就过上了隐退的生活，既怕死又怕自己像暴君一样的小儿子——他的弟弟胡安是家里的话事人，从十三四岁开始就掌管着家里的一切。因为胡安没有妈妈，所以父亲一开始因为可怜他而对他百依百顺，但后来却变成因为害怕他而不得不这么做。到现在，他已然成了自己儿子——一个年方二十，却脾气暴躁、肆意妄为的暴君——的奴隶。

母亲因为生胡安去世的时候，加拉伊·洛佩兹才七岁。他说，他也从小就失去了母亲，但他不像胡安那样放任自己的怒气和暴力。从会走路开始，胡安就让所有人都害怕，用人、朋友、亲戚都怕他。他冷漠阴沉、寡言少语，十岁的时候就经常会一连几天不见人影。他热衷于野蛮暴力的消遣方式，常常独自一人在平原上骑马、在野外露宿，腰间斜挎着比手臂还要长的刀，手里拿着卡宾枪。十五岁的时候，据加拉伊·洛佩兹一个妹妹在信里所说，他已经开始鞭打喝令家里的雇工了。那些雇工都是三四十岁的男人，谁多看他们两眼都有可能被他们一刀割喉，但他们却害怕胡安，把他当神一样敬畏，甚至会毫不犹豫地为他牺牲自己的性命。一年前，其中一位雇工去拜访加拉伊·洛佩兹，这位屠杀印第安人的刽子手紧张地攥着帽檐，几乎声泪俱下地请加拉伊·洛佩兹替他向胡安求情，因为不知道为什么胡安把他赶了出来，说不想再在那片地区看见他。而事实上，不管是小时候还是从欧洲回来以后，加拉伊·洛佩兹和弟弟的关系一直都很糟糕，最近一年更是几乎没什么交流。他小时候也同情过胡安，他亲眼看见过那个浑身是血的小生命从奄奄一息的母亲肚子里出来。但胡安拒不接受怜爱和同情。他的想法让人琢磨不透，如果他生命中也有伤痛，那么这种伤痛对他来说也同样晦涩难懂，被完全忽视、被彻底遗忘，进而转化为对外界的无言怨恨、恣意狂傲和暴力相向。

因为喝了酒，或许和吃了饭也有关系，还有酒店餐厅里像是沉积在鼻前和喉头的闷热空气的缘故（虽然门都开着但是完全没风），毕昂柯估计，正如加拉伊·洛佩兹额头在不断渗出汗珠一样，他自己背上应该也汗流如注了，因为他能感觉到衬衫黏住了皮肤，又湿又痒的感觉在背上游走。他暗想："从他给我讲的这个国家的风土人情来看，他弟弟能成为那样可怕的人似乎也并非毫无缘由。"加拉伊·洛佩兹已经看出他脑中刚刚闪过了一个想法，于是他犹豫了一会儿，还是说道：

"您这片土地看来并非乐土。"

"土地是无辜的，*亲爱的朋友，*"加拉伊·洛佩兹说，"问题在于住在上面的人。"说完紧盯着他看了一会儿。

毕昂柯慢慢摇了摇头，脸上带着刻意为之的含糊表情，加拉伊·洛佩兹注意到这一表情并识破了它，于是讽刺地笑笑也摇了摇自己的头。这是这顿饭期间他第二次表露出傲慢无礼的样子来，虽然这种表情会微微激怒毕昂柯，但实际上这恰恰表明他默许了对方的小伎俩。

　　两人用法语、英语和意大利语交谈。有时候接连几句话都只用一种语言，之后又会在一种语言里面夹杂其他两种语言的俗语或感叹词，当谈话气氛变得热烈起来时，就会同时使用三种语言。毕昂柯时不时会大胆地说上一两句西班牙语，以表明他虽然坐船抵达这炽热的沿海平原才刚刚一个礼拜，却不会让自己落入无形的语言陷阱，他已经开始带着暧昧不明的口音练习起了西班牙语，就像他说其他所有语言——包括自己的母语——一样，都听起来有独特的异国腔调。

　　"住在上面的人……"加拉伊·洛佩兹说，话说了一半就陷入了沉思，随后他喝了口酒继续说道：原本一切都可以一直如此，直到时间的尽头。但是不知道为什么——*亲爱的朋友*，您可能比我更清楚原因——中央政府突然想到要从欧洲招聚农民来这里，把地分给他们，让他们种小麦，就是这类事情，对吧，可能是想着如果总统夫人某天不得不去内陆的省份访问，出访团可以在其中某个小农庄落脚，以便在抵达目的地前能稍微休整一晚。于是，一些意大利人、瑞士人，还有两三个阿斯图里亚斯[1]人拖家带口来到了周边的土地上，开始播种小麦。但好巧不巧，政府分给他们用来种小麦的那一带土地，正好是他家——加拉伊·洛佩兹家族认为属于自己的草场，但事实上没有任何土地登记册上有相关记录。整个地区的草场并不是平原上最好的，土壤黏性过强，不易吸水；但不管怎样，加拉伊·洛佩兹家土地上的草场还算优质，尤其是政府指定的这一带，几乎和布宜诺斯艾利斯省南部的草地一样好，但国家并没有往南部的草地派驻移民，理由很简单：那些土地正好属于内阁成员。加拉伊·洛佩兹说，胡安去找他们的省长舅舅谈话，但舅舅说，亲爱的外甥，世道不一样了，我也无能为力，因为我已经答应中央政府接收这些移民了，作为交换他们会把卡尔卡拉尼亚河以南的几块好牧场给我，你应该为此感到高兴，因为这些地方现在也是我们家族的了。但是加拉伊·洛佩兹说，他弟弟完全听不进去，还把想要送他到门口的政府工作人员一鞭子抽倒在地。一开始，移民没有因为压力甚至是威胁而退却，他们一安顿下来就开始播种小麦。虽然不比布宜诺斯艾利斯省

1　西班牙北部大区，主要产业是农牧业。

南部的良田，这片归属权存疑的土地还是足够优质，可以达到一年两收。这需要艰苦的劳作甚至是牺牲，但回报是成倍的——我听别人说的，加拉伊·洛佩兹脸上带着他习惯性的嘲讽的笑，您也能看出这双手——加拉伊·洛佩兹把手高举过酒杯和吃剩的餐盘，手掌向上摊开——二十七年来可没怎么种过地。然而，当第一茬小麦刚好成熟等待收割的时候，一场大火烧毁了一切。诚然那年的确很干燥，火灾这类事故也时常发生，但巧合的是，之后的三次收成也遭受了同样的厄运：第二次火灾发生在小麦已经被收割完毕储存起来、准备运往城市的时候，之后的两次都是在收割前两三天发生的。四次火灾之后，农民们明白了背后的原因，于是离开了这片土地，有些人去了城里，有些去了布宜诺斯艾利斯，还有些人直接回到瑞士或阿斯图里亚斯的农田。从那时起，那一带土地就无人耕种了，我们家的牲畜又能享用那里肥沃的牧草了。

"真是一连串不幸的巧合。"毕昂柯说。

"谢谢您说得这么委婉。"加拉伊·洛佩兹说。

"没必要折磨自己。"毕昂柯说。但事实上，这个故事一点儿没让他感到震撼。站在旁观者的角度，他不理解为什么洛佩兹的弟弟选择了那种解决方式，要是他绝对不会那样做，他的务实不会让他采取如此极端的方法。他像两分钟后就要把部队派向战场的军事家一样迅速梳理了所有能让自己和农民都真正满意的折中方案。他这样想并不是因为顾及农民，也不是出于任何人道主义目的，只不过是把移民作为亟须解决的实际问题中的一个因素罢了。就像在阿格里真托那次，他在领事提议下为阿根廷政府工作来换取土地，当他走遍意大利招聚当地农民远赴阿根廷时，没有一瞬间不觉得自己的所作所为不过是为了能在地球另一端定居的必要手段罢了；他需要那个足够遥远偏僻的地方让自己逃离所受的耻辱，过得舒服一些，有余裕来进行驳倒实证主义者的准备。同时他也在想，加拉伊·洛佩兹家是靠畜牧业成为省里首富的，所以，他也得搞畜牧业。

加拉伊·洛佩兹因为说出了心里话而感到畅快，或许也是因为喝了酒的缘故，整个晚餐的氛围都让他觉得满意，一开始他还回顾了自己在巴黎、伦敦和罗马的生活。现在他稍稍歪坐在椅子里，吸尽最后几口烟，在灰色的烟雾中把烟蒂在装着残羹冷炙的盘子里捻灭，确认没有一点儿火星后，他抬起头，有些忧郁地笑着看向毕昂柯。

"我家里这些事儿让您觉得很无聊吧。"他边说边把手伸进口袋里取出怀表。

"正相反，我觉得很有意思。"毕昂柯说。他看到加拉伊·洛佩兹打开怀表，看了眼时间，把表靠近耳朵摇了摇，想要听到滴答声，然后又给表上了弦，再拿到耳边摇了摇，最后无奈地准备把它放回口袋里。

"表坏了。"他说。

毕昂柯向他摊开手掌，加拉伊·洛佩兹诧异又听话地把表交到他手上。银色的怀表扁扁的，合着盖子放在毕昂柯摊开的右手上，蹭到了无名指上的纱布边缘，这纱布还是加拉伊·洛佩兹前一天给毕昂柯换药时亲手缠上的。毕昂柯把手略向加拉伊·洛佩兹伸了伸，让他能够看清楚怀表和一直摊开的手掌，接着眼睛微闭，有几秒钟都一动不动、保持着相同的姿势。随后他伸出左手的食指和中指，在怀表上方几厘米处慢慢画圈儿，两根手指紧挨着在空中打转儿，渐渐地，画的圈儿越来越小，像螺旋形一样，直到完全停下来，这时毕昂柯睁开眼睛，郑重其事地把表还给加拉伊·洛佩兹。加拉伊·洛佩兹打开怀表看了看，和餐厅墙上的挂钟核对了时间，然后笑着把表拿到耳边，肯定地点点头，接着盖上表盖，把表放回了口袋里。

"太厉害了，亲爱的朋友。"

毕昂柯耸耸肩。他们从餐厅出来时，已经过了午夜，但空气依旧闷热。他们刚走了几米就脱了外套，把衬衣袖子挽了起来，其中一个人把外套用一根手指勾住搭在肩膀上，另一个把外套折起来挂在胳膊上，就这样两人一起走向河边。

"在我们这里，一个人总是会本能地向河边走去。"

城市的阴影中，不时会有几个黑影走过，路边也不时能看到不愿去睡觉的一家人坐在椅子上或者门口的台阶上，固执地想要呼吸一点儿纯属幻想的晨间新鲜空气。两人到达河边时，看到两三点灯光在缓慢移动，水中的倒影依稀可辨。毕昂柯本以为自己四十岁的年纪已经闻过了所有的味道，却头一次感受到河水的独特气味，这里混合了陌生的野生鱼肉味、浸湿的漂白土味、腐败的植物味、泡烂的动物尸体味，还有被河水冲刷侵蚀的泥土味。

"那些是渔民。"加拉伊·洛佩兹说，黑暗中倒影在水中的几点灯光正沿着几乎看不到的河道在水平移动。他说，等毕昂柯去医院给手指换药的时候，他会交给他几封写给自己家人的引荐信。

第二天上午十一点左右，毕昂柯刚醒来，砖红色的头发还贴在额头两侧，被单被汗水浸湿，金黄色的晨光从窗缝肆无忌惮地洒进来，一阵敲门声让他从半梦半醒、模糊又陌生的状态中清醒过来。当他问来者是谁时，加拉伊·洛佩兹用愉悦的法语回答道：

"我知道您的烦心事了。但是别担心，我会守口如瓶的。"

他有些兴奋地走进房间，几乎没等毕昂柯换好衣服就把三四本去年出版的法语杂志在桌上摊开，里面全是关于毕昂柯在实证主义者那里受挫的长篇报道。这些文章毕昂柯已经反复读过五十遍了，它们使他愤怒、痛苦、鄙视自己、满怀杀意、心生绝望。其中一本杂志甚至把他做成了封面。那是一幅彩色漫画，上面的毕昂柯又矮又胖、四肢细小、胸腹突出，大脑袋上的红色头发好像一团乱糟糟的火焰。画中的他困惑地看着一旁爬上了大本钟的小丑，只见小丑在对钟表盘做着螺旋形手势，和他前一晚对加拉伊·洛佩兹的怀表做过的一样。有那么几秒钟时间，他从自身抽离，跟眼下的世界隔绝开来，也感受不到加拉伊·洛佩兹的存在，完全陷入了愤怒和耻辱的旋涡，他费了好大劲儿才默默地对自己说：冷静，冷静，我来到这里隐居不正是为了驳倒这一切吗，我有满满一箱子的书，我的思维能力也没受到影响。当愤怒和耻辱渐渐平息，他抬起头来睁开眼睛——也许他本来也没有低过头闭过眼——重新看向外界。他看到一脸严肃的加拉伊·洛佩兹稍显苍白的脸上多了两团红色，藏在精心修剪过的黑色络腮胡中间的嘴巴惊讶地张开了，还有些颤抖。

"对不起，"加拉伊·洛佩兹说，"我没想到您会这样。"

"这样？哪样？"毕昂柯一边笑着答道，一边用刻意表现出来的平静整理着桌上的杂志，他很满意自己的手没有发抖。"我只是觉得在这么远的地方还能看到欧洲的消息真的很意外，意外又高兴。"

如果他真是普鲁士间谍，他还会来到平原上隐居吗？巴黎那伙实证主义者用这些诬陷诽谤证明了他们没办法拿出科学的证据来推翻他确有能力这件事。他并没有使用这些能力满足自己的私欲，而是一番好意地想要为那些人效劳。他本人在很多年里也不相信自己的能力——因为在我们这个时代，医生先生，我们一出生就是实证主义者，只是如果幸运的话，我们中有些人可能会接触到更坚固、更明晰的真理，除非一个人真的是固执又愚钝，在遇到真理后还只停留于物质的表象。要知道，物质只是精神的必然结果，我们以为所感知到的东西不过是对真实世界的想象和再现。我们想象粗糙的表面，我们用想象中的手指指腹重现了以为碰触到它的粗糙感觉。

毕昂柯一边说话，一边暗中用眼神快速捕捉加拉伊·洛佩兹的反应。他的反应无疑是让人满意的，因为他一直在点头，他也想说点什么，很有可能是赞同甚至印证毕昂柯观点的话，但是他不想打断对方。所以毕昂柯为了验证自己的猜测，在说完一句话后停下来，让对方有时间可以回应。

"我在医学院也有同样的发现，"加拉伊·洛佩兹说，"同学们最喜欢的一个笑话就是：我从未在解剖的时候找到过灵魂。"

但花了八年的时间解剖各种尸体的加拉伊·洛佩兹知道，灵魂本不应该在内脏里找寻，因为它就在握着手术刀的手里。

"没有灵魂就没有手术刀了。"毕昂柯说，他紧接着又说，"您昨晚那么客气在我住的酒店请我吃饭，今天能让我请您吃午饭吗？地方您随便选。"

于是他们在夏日的中午来到街上。在平坦笔直的大街上，毕昂柯又一次感受到这里到处都有荒原的影子，不仅是荒地、庭院和花园让他有这种感觉，而是城市本身的氛围如此，房屋的排布，大街上的泥土地，石子路的路口——那里虽然车辆马匹来来往往，却有绿色的草丛在固执地向上生长、随风摇摆，稗子上长出许多分枝。还有一些难以形容的东西上也有这种荒原感，没有粉刷过外墙的砖房看起来无疑都是新盖的却似乎摇摇欲坠，从平原上看过来，这片排列得方方正正的低矮房屋一定显得愚蠢可笑，甚至不像是真的。当他们走过几个街区，有个男人穿过人行道来到他们面前，笑着用意大利语拦住了他们。毕昂柯花了几秒钟时间回忆在哪儿见过这张脸，然后想起来这是他在来阿根廷的船上认识的一个卡拉布里亚[1]人，有天晚上他在下层甲板上散步的时候跟这个男人聊过天。

"尊敬的先生，您在这儿过得怎么样？"来自卡拉布里亚的男人问道。

"目前还行，"毕昂柯说，"您呢？"

那个男人做了一个含糊的手势，耸了耸肩，微微笑了一下，这表情意味着情况并不稳定但他愿意接受现实。

"家里人怎么样？"毕昂柯问。

"在港口住着。"男人说。

"现在还在那里？"毕昂柯说。

男人食指和大拇指的指尖快速搓了搓，意思是自己没钱。

"还好天气热，可以睡在外面。"他说。

毕昂柯取出几张钞票，往男人外衣上面的口袋里塞，男人向后退了一点，稍作推辞，想阻止钞票进入口袋。

"太感谢您了，尊敬的先生。"终于他停下不动，任由毕昂柯把钱塞了进去。

"我们下次见。"毕昂柯说。

男人脱下帽子又重新戴上，微微鞠了一躬向毕昂柯告

---

1 意大利南部的一个大区。

别。"在这个国家或其他任何地方，想要真正变得有钱又不招惹麻烦的唯一途径就是让穷人站在自己这边。"毕昂柯想。加拉伊·洛佩兹正暗中向他投来钦佩的目光。说实话，从认识他开始，加拉伊·洛佩兹就似乎愿意以无限的友好亲切来对待他，背后的原因不得而知，也许是其本身性格使然。不管是出于什么原因，毕昂柯非但没有觉得不可理解，相反还从中获得某种满足，他对自己更有信心，相信自己有好运相伴，相信这是自己经年累月预备的结果，也对身旁这位比自己高一头、身穿优雅的雪茄色西服、黑色头发和胡子都经过精心打理的年轻人感到信任。两人在弯弯曲曲的小路上走着，头顶的天空湛蓝澄澈、云流涌动，还没远离顶点的太阳穿透变幻的云层射下炽烈灼人的光。

"您或许能理解为什么我昨晚对您的……呃，作品，稍有不同意见，您用的是哪个词来着？就是那个关于东方三王的故事。"

"讽喻剧。"加拉伊·洛佩兹说。

"对，是讽喻剧，"毕昂柯说，"我似乎从中感受到了本世纪让人厌恶的物质主义的气息，至少根据您的描述是这样。我也不相信神鬼之说——却是以精神的名义——因为它们都带着物质的印记。"

"您不知道这和我的想法有多么相近。"加拉伊·洛佩兹说。

"希望就和我们离这家餐厅一样近。"毕昂柯搓着手愉快地说道。

整个夏天他都待在布宜诺斯艾利斯，首先是因为北部土地的官方登记手续比预想的要花时间，其次也是因为加拉伊·洛佩兹劝他不要夏天就到那座小城去住，那里的夏天比布宜诺斯艾利斯的还要可怕，加拉伊·洛佩兹说，比您能想到的任何地方都更难熬，酷热的一月天会让人觉得更孤独、更迷茫、更虚妄。天气温和的时候那里的生活本就已经足够空虚荒谬了，而夏天这几个月会让人和物都更加脆弱，一切都变得有些狂热、乏力，更倾向于毁灭。听到这样的说法，毕昂柯红色的眉毛稍微皱了皱，嘴角浮起一丝怀疑的笑，这让他苦涩的表情加深了。他一直对加拉伊·洛佩兹说，他不管什么冬天夏天、晴天阴天，无所谓干旱还是下雨，他永远是他自己，和外界的变化无关，他只关心一件事：就是尽早在萨拉多河南部的那块地上安顿下来，往那儿放一些牛羊，然后把主要的时间都用来进行抽象思考，精心准备一套无懈可击的思想体系来击破实证主义者的谎言，他还需要花时间让自己的能力得到彻底恢复，他得承认，巴黎事件让他的能力稍微削弱了一点儿。

因此三月末他才乘船北上，那是一艘装满货物和旅客的蒸汽小船，船上有以种地为生的意大利人和巴斯克[1]人，还有爱尔兰人和一个患痨病的法国人，小船晃晃悠悠、行驶缓慢，两天后带他抵达了那座小城。

一周后，他在给加拉伊·洛佩兹的信里用法语写道："我觉得这里并不像您说的那样是个索多玛一般的城市，但我承认这里到了秋天依然很热。现在我明白为什么伦敦、柏林或巴黎都没有蚊子了，因为我写信的时候在我周围的蚊子数目已经耗尽大自然的产量了，好像全世界的蚊子今晚都在这里参加年度盛会似的。或许这座城市就是蚊子的巴比伦国。我在您给我推荐的旅店找到一间房，外号叫'西班牙人'的店主有个很会做饭的老婆。这儿还有个很棒的小院，再过一个月左右院子里的橘子就熟了。我还没去看过我的地，也还没冒昧拜访您的家人，虽然我相信有您的介绍信，我一定会受到热情接待。我还在让自己慢慢适应，经常在镇上散散步，得跟您重申一下，我并没有在这里看到某个我在布宜诺斯艾利斯认识的过于敏感的年轻医生游荡在街上时号称发现的邪恶特质。我承认这里没有太多的娱乐生活，但是眼下我只想让自己完全熟悉这个地方，因为毫无疑问，今后几年这里都将是我的活动中心。

---

1 西班牙北部的大区。

对于布宜诺斯艾利斯，除了想念您充满智慧又极为有益的陪伴，我还十分想念您出于医者仁心介绍给我认识的那几位姑娘。"

事实上，毕昂柯还没去加拉伊·洛佩兹家拜访是因为他想在去之前先在官方文件上确定好自己那块地的位置，以及精确的边界和面积，他想以产权人的身份去认识他们，以完全平等的身份和胡安交谈，告诉他既然他们已经是邻居了，如果有一天他毕昂柯想把自己的地租给农民种小麦，他可不会像去年那些小农户一样因为遭受庄稼接连被烧毁的厄运而退缩。此外，还没去登门拜访也是因为他觉得最好先远距离观察他们，在关系熟络以前先多了解他们，过去那些晦暗岁月积累的经验让他确信，在任何关系中，了解对方更多的人占据强势位置，可以利用信息上的优势来为自己谋利。于是，一个下雨的夜晚，吃过晚饭后，等其他客人都回房间去了，他邀请"西班牙人"坐下来，与其攀谈起来。"西班牙人"已经在这座城市住了好多年，起初他在科尔多瓦租种了一小块土地，但是一连几年或涝或旱的气候毁掉了收成，所以他决定离开那里。一个巴斯克人建议他把家人留在科尔多瓦，跟他一起去南边挖一个季度的壕沟。当地的克里奥尔人[1]不愿意挖沟，他

1　在拉美出生的欧洲人后裔。

们觉得那是很不体面的工作。而挖沟是这些人——"西班牙人"边说边用头画了个圈儿，表示整个国家都是如此——在平原上划定产业界限、明确放牧范围和印第安人地界的唯一方法。这个工作简直要人命，只需要一个季度就能把人的手干废了、肾干坏了，但是因为没人愿意挖沟，所以这份工作收入很好。这是野蛮人的工作，"西班牙人"说，适合爱尔兰人和巴斯克人。您看我的手变成什么样了，我不过就是十年前干了一个季度而已。毕昂柯看了看他的手，没觉得有那么糟糕，"西班牙人"可能在手上看到了自己的回忆，就像人们看到圣物匣就想到圣人一样。巴斯克人用挖壕沟的钱买了一块地和许多头羊，"西班牙人"则在小城里开了这间旅店。毕昂柯又给他倒了一杯烧酒，"西班牙人"快速用眼睛偷偷扫视了整个大厅，确认老婆不在附近才敢喝。"加拉伊·洛佩兹家族？"他用问句回应了毕昂柯的问题，之后压低声音说：他们是一切的主人，大儿子是医生，但是住在布宜诺斯艾利斯，和他弟弟处不来；家里的父亲病得很厉害，像是精神方面的问题；管事的是小儿子胡安，他来城里的时候，有时候会过来吃饭。他上午点上菜，晚上带着四五个混混和两三个妓女——从郊外搞来的黑女人——回来，和他们吃吃喝喝打牌到凌晨。"西班牙人"的老婆连看都不愿意看到他，她下午准备好菜，放在炉子里留给女佣加热，然后就带着孩子们去邻居家了。"西班牙人"不止一次看到过他喝醉的样子：身体僵硬、眼神冰冷、表情邪恶。才二十岁，就几乎全秃了。他惜字如金，喜欢用鞭子说话，在政府大楼进进出出就像去自己家一样，和省长舅舅的关系比和自己亲爹都好，他父亲还怕他。才二十岁，就能看出来——"西班牙人"偷偷向四周扫了几眼，确认老婆不在才压低声音说：他就是爱睡婊子。本来他要是愿意，可以随便睡省里最漂亮的姑娘，都是十四五岁、漂亮又干净的姑娘，也都愿意和他生孩子，但他偏偏喜欢比他老的妓女，据说一次要找两三个到家里。妓院来了新妞，他都第一个试，总是把最老最丑最离谱的带回家。您得看看他在街上骑马那样子，被太阳晒得黑黢黢的，秃顶上都是箭痕——他也挺介意的，所以很少脱帽子——脑袋里不知道在想些什么，眼睛里闪着仇恨的光。在平原卜他也总是骑着马，和家里的雇工一起，那简直是一群禽兽，"西班牙人"说，一群不识字的野人，整天在马上，连睡觉都不下来，腰里别着大刀，一言不合就能往人脸上砍，甚至把人开膛破肚，要是他们想找点乐子，还会把人脑袋砍下来，用他们自己的话说，就是随便宰个人玩玩。这些野蛮的高乔人不被允许到城里来，在平原上不管是白天还是夜里最好都别一个人撞见他们。胡安像对狗一样对待他们，而他们也像狗一样听他的话。就算他让他们把自己的亲妈送到他床上，他们也会照办的，"西班牙人"说。两三年前，一个雇工因为自己的妹妹被一个英国人带走了，捅了这个英国人二十刀，英国人的兄弟从科尔多瓦带了几个士兵来找他，想处决他。相信我，"西班牙人"说，是胡安出面反对，结果他们没能把他带走。几番交涉下来，他们提出给英国人赔几头牛作为交换。要么拿牛滚蛋，要么啥都别要，或者干脆再给这个科尔多瓦来的英国佬二十刀。所以英国人没办法，只能接受了赔偿。

毕昂柯给"西班牙人"倒了第三杯酒。习惯性地扫视检查后，他把酒一饮而尽，接着用手背擦了擦嘴，若有所思地捋了捋花白的胡须。他们是一切的主人，他说，声音又压低了，好像他刚刚骂了最难听的脏话，或是泄露了最危险的机密。所以他们到处都有敌人，不管是布宜诺斯艾利斯、巴拉圭、蒙得维的亚[1]，还是科连特斯[2]或科尔多瓦，都经常跟他们发生战争。有时候几个省联合起来对付另外几个地方，有时候敌对方又结盟一致对外。战争中，因为

1　乌拉圭首都。
2　阿根廷东北部的边境省，毗邻巴拉圭、巴西和乌拉圭。

几头牲畜就叛变的事儿时有发生。土地和牲畜让这些人都疯了，"西班牙人"边说边用头轻轻画圈，表示整个国家都是如此。为了土地和牲畜，他们杀人、背叛，对他们来说牛比人值钱。在这儿每个人最好低头干自己的事儿，他小声说道。他和他老婆经营着小旅店，虽然辛苦但是感谢上帝日子还过得去，他们不掺和政治，也不和这些人打交道。

几天后，土地登记手续顺利办完了，省里的官方文件上明确了那块地的具体位置和准确面积，于是毕昂柯买了三匹马，简单收拾了行李，带了一把手枪和两三本书，一点儿纸墨都没带，在一个秋天的上午，天色尚早的时候，动身前往平原。

您正好赶在春天回来了——六个月后，当"西班牙人"看到毕昂柯走进旅店时对他说——我们都以为您不回来了。他没发现，毕昂柯眼睛周围那几道细细的皱纹加深了。他砖红色的头发和眉毛变长了，凌乱而卷曲，像金属一样僵硬，似乎被几个月的恶劣气候镀上了一层薄薄的铜膜。那天晚上他在旅馆里自己的房间睡下，身体比出发前干枯消瘦了一些，那是他六个月以来第一次睡在床上，对他来说床又软又不舒服，他的肌肉已经适应了土地无情的坚硬，反而不太能适应床垫温情的柔软。在离开的六个月时间里，他探索了平原的每个方向，避开了零星的村落、农舍和庄园，不管是刮风下雨、寒潮冰冻，还是冬日里骄阳烈烈，他都一直风餐露宿，白天几乎都在马背上度过，有时靠打猎果腹，有时在沙漠里的小酒馆储备些食物，酒馆里的克里奥尔人总是看到他一言不发、一脸严肃地进来，腰里还别着手枪，他骑着一匹马，让另外两匹跟着跑，有时候也用长长的缰绳牵着它们，让它们走在身旁或跟在后面。那六个月里他从来没在屋里或者床上睡过觉，除了跟酒馆老板的必要交谈或跟平原上遇到的骑手偶尔寒暄两句外，他几乎没跟任何人说过话，他已经可以自信流畅地说当地语言了，带着比说母语时更重的外国口音，不过其实没人知道他的母语究竟是什么。他认真观察土地、草场、动物和天空，观察黎明时分群星怎样一点点消失在天际，用心感受风向和风力；也曾在暴雨来临时穿上防雨斗篷，蜷缩在马腿中间，就这样等待两三天，直到电闪雷鸣、雨水冰雹的天气完全过去。有时候他像是旷野上的幽魂，带着三匹精心挑选的马儿在平原上游荡——他在平原上遇到的马都不如它们。他有些招摇地游走在荒原上，在同样的地方反复路过，故意重复出现，强调自己的存在、强调自己的真实性，他沿着自己那块地的边界来回走了几次，确切无疑地标记了自己的领土范围，也让其他人清楚这块地的归属。他在平原上住下来，想要走遍其中的每个角落，试图将它内化成自己天然的一部分，他想在心里重新构建这片土地上曾经出现过的人们对它的认知，庄园主、雇工、脚夫、车夫、盗牛贼、逃犯、杀人犯——正如伊甸园里的泥土做成了亚当，他马蹄下的灰泥抟成了这些人。他一直这样冷静又克制地来来去去，终于在回城前的一个礼拜在一家酒馆下了马，准备找两三个工人。这时不仅酒馆老板认识他，连坐在吧台栅栏[1]旁边或者破桌子旁喝着烧酒或者杜松子酒的工人、混混和杀人犯也都认识他。他们不晓得通过什么方式已经知道，他虽然有一头红发却不是英国人，他在萨拉多河南边有二十平方西里的土地，毫无疑问他准备在那儿放牧牲畜，这会儿他在酒馆门口下马肯定是来招人干活的。当他从酒馆出来时，身后默默跟着几个高乔人，他们甚至有些胆怯，因为面前的这个外国人骑马和他们一样矫捷熟练，骑的马也比他们的好，而且似乎已经和他们一样熟悉这块地方了。让他们对他肃然起敬的并不是他腰间别的手枪，诚然这把枪已经像帽子、裤子一样变成了他着装的一部分，他似乎也已经忘了腰上挂

1　为了防备醉酒的客人可能带来的危险，当时阿根廷乡间的小酒馆会在吧台上设置铁栅栏，保护店主和商品的安全。

着它，但工人们知道必要的时候他会毫不犹豫地果断拔枪。不，不是因为手枪，而是他在平原上风餐露宿的这几个月所收获的沉着冷静，也正是得益于这份沉着冷静他才能顺利度过这几个月的野外生活。他亲身体验最真实的平原生活，像鼹鼠一样为自己开辟了通道，能够安然无恙地在平原上穿梭，顺应了平原的法则却毫发无损。然而，工人们不知道的是，他们眼中开创性的壮举是毕昂柯精心计算过的结果。他知道想要变得有钱，这是一段必经之路，他需要熟悉、驯服自己即将要定居的这块土地以及其上居住的人。在平原上反复兜圈子的这个过程虽然辛苦但很有必要，让他可以从现在的状态顺利进入到更密集、更舒服的下一阶段，能够有余裕去实现自己真正的目的——驳倒实证主义者，这些人心甘情愿为物质所支配，却被高举为时代的导师，被捧上了所谓的世纪守望台。工人们以为毕昂柯做这些事是为了和他们打成一片，但事实上他的所作所为都是为了使自己更加有别于他们，他学习平原上的各种技能和猎人观察老虎的习性如出一辙，不过是为了驯化老虎甚至是杀虎贩皮的手段罢了。不管怎么说，当他回到城里，还没在那块地上放牧哪怕一头牛的时候，这些工人就已经开始为他工作了。

几封来自加拉伊·洛佩兹的信早已寄到旅馆里了。第一封是毕昂柯刚到城里给他写的那封信的回信，信里讽刺又不无夸张地回顾了毕昂柯和名流交往的逸事、在不同社交场合留下的事迹；第二封信里加拉伊·洛佩兹已经为毕昂柯还没去他家拜访（他通过妹妹的信得知此事）而感到奇怪了；第三封信里他开始为毕昂柯的音信全无感到不安，甚至还有些气愤，字里行间不小心流露出的指责语气让毕昂柯看信的时候不禁面露微笑；在最后一封信里，也许是因为气恼，他换上了有些莽撞的傲慢语气，毕昂柯有意隐瞒自己身世的时候他也表露过相同的态度："Cher ami……dear friend……caro amico[1]……我不知道用哪个称呼才能表达对您的担忧和我的种种困惑。我知道您钟爱神秘感，对您来说这可能算是一种职业素养吧，但您四个月来毫无音信，的确让我感到有些不安。旅馆老板告诉我说您所有的东西还在顶柜里放着，而且您自从离开以后从来没有报过平安，我相信您足够谨慎小心，不至于犯下致命的错误，但是那块蛮荒之地充满难以预料的残酷，可能会让您措手不及。我完全认可您在精神上的超凡卓绝，但您身上因为有所保留而暧昧不明的气息让我感到有些不安，让我觉得您作为思想家的沉静外表下，似乎还隐藏着

---

1 原文依次使用了法语、英语和意大利语来表达"亲爱的朋友"。

冒险家的灵魂。"

面对桌上的白纸，毕昂柯手中的笔停在了空中，他思考着用什么样的话开始这封回信，终于，思索片刻后，他给笔蘸上了墨。*"亲爱的医生*[1]，"他以意大利语开头，但不知为何却用法语继续写完了整封信，"您在之前的一封信里责怪我还没有去府上拜访，但是我不想在一些问题还没解决之前贸然前往，害怕劳烦贵府来解决这些问题。现在我自认为已经是这个地区的一分子了，可以完全不带任何私心地去拜访您的家人了。实不相瞒，我这几个月都在平原上，过着完全与世隔绝的生活，靠打猎为生，不和任何人交流，不是在做纯粹的思维练习，就是在积累着各种实用的知识。虽然您的担忧毫无道理，但我还是为此感激。另外，您称我为'冒险家'这一举动虽然不无冲动和草率，但我把它当作对我的夸赞，而不是道德上的评判。[2]"

终于，从平原上回来一周后，毕昂柯准备去拜访加拉伊·洛佩兹的家人。他事先让旅馆跑腿的人带着加拉伊·洛佩兹的介绍信去通报，随后从送信人手里接过了邀请他明天登门拜访的信函。信出自女性之手，字写得有些费

1　原文为意大利语：Caro dottore。
2　原文里该词也有"来历不明的投机分子"之意。

劲。隔天一个巴拉圭女佣把他带到院子里,加拉伊·洛佩兹的父亲和两个妹妹正坐在柳条扶手椅上等他,他们头上是开满花的紫藤,五点的阳光透过无数的缝隙斑驳地洒在他们身上。看到他走进来,加拉伊·洛佩兹的父亲略显迟疑地稍稍站起身来。

"我儿子几个月前就跟我们说您要来。发生什么事了吗?"

毕昂柯感觉到眼前的男人诚心想表现得亲切,但却为了某事而心里不自在,也许是因为毕昂柯带着他大儿子的信来拜访他们吧,毕昂柯想,如果两兄弟的关系果真如此糟糕,这可能会给他带来麻烦,让他在小儿子面前不好交代。但事实上,不自在是他整个人的真实写照,他像是对自己的身体、对这个世界感到不适应,这从他松弛下垂的面部、笨拙局促的双脚和对别人犹疑不定的殷勤都能看出来。他的殷勤不是出于礼貌,也许更多是因为害怕,他怕别人主动提出什么要求、一再表达自己的意愿,这足以让他崩溃。虽然他应该只有六十岁,却已经精神瓦解、意志丧失了,在他生命中的某个时刻,也许早在妻子离世之前,他身体里的某样东西就已经分崩离析了,妻子的死让他有了借口——而不是理由——显露出自己内心破败的底色和毁灭的意愿。他的两个女儿,分别是二十二岁和二十五岁，屈身在这片有毒的阴影下，已经过早地开始凋零。她们好像已经远离了一切欲望，身体力行着某些无人知晓、连她们自己都不清楚的准则，这些准则随着体液的不断循环、细胞组织的不断更新遍布她们整个身体。她们看起来并非一无所盼，而是不愿有所盼望，透过紫藤花缝隙射下的夏日暖阳也无法照亮她们身上的灰色。来这里之前毕昂柯盘算着，对他这样想赚钱的男人来说，和加拉伊·洛佩兹的妹妹结婚也许会是个不错的选择，但当他看到坐在柳条椅上的两位姑娘，只消一眼就知道不管是和他结婚还是和其他任何男人结婚，对她们来说都是完全不可理喻的，她们的心思意念会将这样的提议完全拒之门外，甚至连她们的耳朵都会抗拒听到这样的声音。

"什么事儿都没有。"毕昂柯说着，在男人指给他的椅子上坐下来。

"我们会定期和安东尼奥通信，他今年夏天不回来了，他现在回来得越来越少了。您想喝点儿马黛茶吗？我就不喝了。"男人说。

"谢谢您，我刚喝过。"毕昂柯说。听到毕昂柯的口音，男人问道：

"您是意大利人？"

"我来自马耳他岛，"毕昂柯说，"一半意大利人，一半英国人。"

"我们家几乎是在哥伦布那会儿就来到这儿了。"男人说，随后装作不经意地问道："您的那块地紧挨着我们的地，对吧？"

"对，"毕昂柯说，"我也想跟您说这个，但还是改天再说吧，生意上的事儿会让女士们无聊的。"

"生意上的事得跟我的小儿子说，我已经不管事儿了。"男人说，"您想在那儿种地吗？"

"不，"毕昂柯说，"眼下我还是对放牧牛羊比较感兴趣。"

"那边有不错的草场。"男人说。

毕昂柯点点头。突然，他发现男人有些害怕，他在掩饰自己的恐惧，一面不自觉地想回头看，一面又在抑制自己想回头的冲动。毕昂柯抬头看向院子深处，明白了男人为什么会突然害怕不安。他的小儿子正站在内院门口，跟他们隔着几尺的距离，他穿着无领衫和已经褪色到看不出原本颜色的灯笼裤，戴着窄檐帽，帽檐略微上扬；他双手插在裤兜里，光着脚，脸和脖子因为在阳光下反复暴晒而黝黑发亮，身材精瘦又有肌肉，腹部过于平坦，甚至让人产生他有些驼背的错觉；他轻轻摇晃着身体，脸上满是轻蔑和不信任，就像一个带着恶意的动力装置在间歇性地向外发射火红的小型导弹和射线；他的嘴紧闭着，嘴唇薄得几乎看不到，脖子上隆起的肌肉和经脉像黑色的根茎一样起伏蜿蜒；他眼神凶狠地盯着毕昂柯，和他目光相对时，毕昂柯向他微笑致意，他则微微摆了一下头作为回应，也不知道是在打招呼还是在生气地回绝，随后他迅速又悄无声息地消失在内院里，就像出现的时候一样。

毕昂柯在布宜诺斯艾利斯度过了夏天。他会在傍晚时分去医院门口找加拉伊·洛佩兹，两人沿着河边散步，之后共进晚餐。一次散步时，加拉伊·洛佩兹充满戏剧性地把手一挥，指着淡棕色的河水，像宣告什么不得了的发现一样既沉重又讽刺地说："印第安人把当初来探索这条河的欧洲人都吃了。"有时候毕昂柯会在加拉伊·洛佩兹值夜班的时候去医院找他，护士看到他来会为他们在医院门口备好草椅，两人就坐在街边的树下一直聊到早晨。要是有急诊找他，加拉伊·洛佩兹就把抽了一半的烟放在门口的台阶上匆忙赶过去，毕昂柯则坐在椅子上静静等待，月光透过他头顶上影影绰绰的叶子洒下来，他看到绿色的萤火虫像缓慢无言、时断时续的思绪般一闪一闪地飞过。毕昂柯天性多疑，但他却信任加拉伊·洛佩兹，不是因为他需要相信某个人，而是因为加拉伊·洛佩兹对他毫不迟疑的完全信任感染了他，虽然加拉伊·洛佩兹也时常暗暗流露出讽刺和无礼的态度，但这不过是出于欣赏对方而放任自己表达情绪罢了，加拉伊·洛佩兹正是借这种无礼的态度表明他对毕昂柯完全认可，甚至包括其不为人知的过去，他想要暗示自己并非不清楚毕昂柯或许有着不可告人的秘密。对此，毕昂柯一开始感到有些受辱，后来就慢慢习惯了，首先是因为，如果承认受到羞辱就等于承认自己明白对方在暗指什么；其次是因为，他将这种无礼视为加拉伊·洛佩兹对他全然接受的证明。从这个夏天开始，在他们交谈尤其是争论的时候，之前在信里总是带着讽刺口吻用来称呼对方的"*亲爱的朋友*""*亲爱的医生*"就不再仅仅是空洞的问候语或下意识的客套话了。

秋天的时候，毕昂柯在旅馆的橘子树下给加拉伊·洛佩兹写信说："您的省长舅舅是位很好的生意人，多亏了他，我已经买齐了一千头牲畜，工人们也已经开始帮我放牧了，我还雇了个工长。我还没买自己的房子，仍旧住在旅店里，不过对现在作为牧场主的我来说，买房子真的多余。"十二月的时候，加拉伊·洛佩兹回到了小城。"这是我十年来头一回和家里人一起过圣诞。"他说。毕昂柯笑了一下，嘴角的形状让他看起来像在苦笑，他说：

"如果我理解对了您的讽喻剧，那么您要来和家人一起庆祝的这个日子对您来说完全没有庆祝的必要啊，因为那天没人出生。"

"您别管我会做什么，*亲爱的朋友*，您只看我写了什么就行。"加拉伊·洛佩兹回答道。

他们经常在旅馆一起吃饭，也会一起去草原上骑马。自从知道加拉伊·洛佩兹要来，弟弟胡安就离开家去牧场了。一个炎热的傍晚，已经骑行了几个小时的两人在一座小湖旁停下来饮马，这时他们看到一队骑马的人慢慢从西边向湖水靠近，他们的马前进得很慢，几乎是在踱步。火红的夕阳映衬下，这队人马好像幽灵一般，突然出现在两人的视线里。在平原上，一切都显得比原本更大、更结实，线条清晰的轮廓下看起来更加充实饱满，然而这空旷原野上过于现实的存在，以不容置疑的身影浮动在空无一物之地，却总是像海市蜃楼的幻影一般，越真实就越容易破灭。

"是他，带着他的高乔随从们。你看他们，就和禽兽一样。"加拉伊·洛佩兹狠狠扯了一下衣袖，低声说道，"这家伙一出生就让我没了母亲。"

毕昂柯在加拉伊·洛佩兹的脸上看到了恐惧，看到了混合着颓丧、悲伤的恨意，从十五岁开始毕昂柯就已经在地中海周边一座城市的贫民窟里学会了如何控制自己的情绪，此刻看着那七八个骑手漫步来到湖对岸停下来饮马、一眼都没看向两人，毕昂柯努力让自己依然被阳光照亮的脸上不浮现出为之着迷的表情。平静的紫色湖面波光粼粼，骑手们的身影也被染上了颜色，看起来熠熠生辉。在他们中间，比雇工们要年轻很多的是加拉伊·洛佩兹的弟弟，他微微弓着身子伏在正低头喝水的马上，头歪向一边，眼睛哪里都没看，他用绝对的沉默自我保护，克制着自己的情绪，因为工人们肯定已经认出了加拉伊·洛佩兹。加拉伊·洛佩兹不止一次说过，这些工人在牧场跟着胡安一起玩乐，傍晚时分会陪他骑马到城门口。这群人散发的力量让毕昂柯深感震撼、心生敬意，他努力压抑着自己，不让情绪外露。他们看起来像是来自另一个世界，是一个整体，毫无怜恤也毫不犹豫，完全听令于一人，忠诚又残暴，却像狮子和蛇一样对自己的忠诚和残暴全然不觉。过了几分钟，如同夜幕降临的平原上唯一的存在似的，他们掉转马头、划出一片涟漪，先小跑着离开，随后朝着刚才现身的地方狂奔而去。

几天后，在动身回布宜诺斯艾利斯之前，加拉伊·洛佩兹提议，既然毕昂柯觉得平原是最适合全身心投入思考的地方，那么他可以在平原上盖座茅屋，那里远离城市，方便他静修冥思。就像每次听到一个好主意那样，毕昂柯停下来想了会儿，然后接受了加拉伊·洛佩兹的建议。加拉伊·洛佩兹家的一位老工人负责给他盖房子。一天早上，他们来到了选好的地方，老工人带了一堆长长短短、不知道从哪儿找来的木棍，已经立好了四根基柱，开始往水坑里搅和泥土和牛粪。两天后，他用茅草铺好了屋顶，恭敬地向毕昂柯告辞，整个过程一次也没有开口说话。面对毕昂柯向他递来的几张钱，老工人没有马上伸手去拿，而是向加拉伊·洛佩兹投去了询问的目光，等着他点头同意。

"您那套体系，只能在这儿建立。"加拉伊·洛佩兹临走时在马背上对毕昂柯说。他会先回到城里，然后再从那儿回布宜诺斯艾利斯。

毕昂柯看着他离开，同样，加拉伊·洛佩兹开始是结实的形体，然后像幻影一般，最后在平原上消失不见。这座崭新又简陋的茅屋成为毕昂柯的第一个家，他专门把它布置得家徒四壁，期待在这空无一物的安静场所，不管是纯粹的哲思还是实用的念头都能像沉默、冰冷的重击一样突然降临。说实话，他觉得自己过于仁慈，从巴黎那夜开始，他自己几乎都没意识到，屈辱、怨恨和自我的迷失在他内心交织，也许到死都会这样。已经被他埋葬的屈辱感还会垂死挣扎、扰乱他的心神。他极力想对世人隐瞒自己的身世，结果到头来连自己都搞不清楚了，对别人来说晦暗不明的身世对他来说也同样如此。自打到了这个新地方、摸索着开始新生活起，他戴上过一系列不同的面具，已经分不清楚哪个是哪个，瓦莱塔[1]、东方、伦敦、普鲁士、布宜诺斯艾利斯……这些关于他出身的面具粘在了他脸上，让他的脸扭曲变形、模糊不清，变成了必然消亡的物质渣滓，面具下的他成为自己所憎恨的那群人所持观点的明证，他们在巴黎撕下了他的假面，以为揭露了他的真容，却在他脸上留下了一个黑洞，而他，正在一点点用东西填补这个洞——土地产权证、牲畜，还有眼前的茅屋——此刻，他正站在茅屋门口，望着马背上颠簸的加拉伊·洛佩兹朝着地平线的方向越行越远、身体越来越小，直到完全消失不见。

来年春天，同样也是在茅屋，毕昂柯坐在春日的阳光下给加拉伊·洛佩兹写信。他字迹繁琐，笔触缓慢细致，好像很晚才学习写字一样。他怀着一种全新的愉悦心情，这种感觉很陌生，对已经四十三岁的他来说久违了。他写道："我在生意上的天赋每天都能得到印证，但是只放牧牲畜对我来说还不够。这个地区的牧场主，您应该比我更清楚，*亲爱的医生*，他们还活在上个世纪，邻里间的问题层出不穷。但是和您家我还不能说有什么问题，因为虽然

---

1 马耳他的首都。

已经来这儿三年了，我还没跟您弟弟说上过一句话。我想尝试其他领域，远了不说，比如农业，或者做做生意，之后还想搞进口贸易或工业。比方说，我知道欧洲人已经开始给草场上装铁丝围栏了，这样既能清楚划分界限，又能防止牲畜和农牧民越界。也许有天我们的草场也能如此文明有序。

"绕了半天我还没跟您说真正的好消息呢，您知道我正在盖房子吗？我想盖一座有两个院子和好多房间的大房子，得有个漂亮的门厅，入口处再铺点儿大理石。一开始我想盖上好几层，就像布宜诺斯艾利斯现在正流行的那种，您可能见过，但是后来我还是决定选择本地的样式。现在我来告诉您真正的好消息吧：我认识了一个小姑娘，是意大利移民的女儿，不过是在本地出生的，所以也算是您的同乡。从三四个月前开始，我就经常去她家拜访，之所以鼓起勇气跟她父亲提亲，是因为我似乎从她某些态度里发现她对我也并非完全无意。她简直美极了，等您见到她就知道我一点儿都没夸张。她父亲立即同意了这门亲事，但我们决定等一段时间再结婚，因为吉娜——这个可人儿的名字——的母亲觉得，她还需要一些时间来准备婚事，因为她才刚满十六岁。"

毕昂柯一动不动地坐在客厅中间，他没穿外套，眼睛半闭着。春日的午后，无孔不入的阳光透过窗板、门缝、锁孔和通向门厅的天窗射进来，让他所处的昏暗地带光影斑驳。刻意营造的寂静氛围笼罩了整个房子，毕昂柯静坐着思考，完全沉浸其中，家对面的土路上有辆马车经过，朝着城市的方向远去，车轮声、马蹄声、车辕和马鞍有节奏的撞击声都没能让毕昂柯改变坐姿，他对一切都充耳不闻，至少过了一分钟，他才轻缓地摇了摇头，如同刚刚恢复意识或大梦初醒一般，谨慎地张开眼睛，分开了一直软绵绵地叠放在肚子上的双手，站起身来，迈着坚定又自然的步伐打开了门，走进了通向第一层院子的长廊。在院子的另一头，正对面的走廊里，吉娜坐在卧室门前的藤椅上，胳膊肘撑在上过漆的藤条小桌上，她闭着眼睛，双手捧着脸，大拇指抵着下颌，其他四指顶着太阳穴。尽管毕昂柯身后的门在关上时发出了一点儿声响，吉娜却没有改变姿势，依旧专注而严肃，当毕昂柯穿过洒满阳光的院子来到她面前，站在小桌对面时，吉娜过了几秒钟才把手放在桌上，只见她两手中间有一张四角略带弧度的淡蓝色长方形卡片，吉娜抬起头来，睁大双眼盯着毕昂柯，眼神庄重，又带着疑问。

"葡萄。"毕昂柯说。

吉娜摇摇头，抿了抿嘴唇。

"是香蕉。"她说，接着用纤细骨感的手将淡蓝色的长方形卡片翻了过来，线条简洁、特点分明的黄色香蕉跃然眼前，斜斜地印在确切无疑的粉色背景上。

毕昂柯看似矛盾地慢慢点了点头，表明已经预料到了这次失败。春日的阳光温和慷慨地洒满了院子，毕昂柯顾不上眼前的景致，只盯着吉娜鹅蛋形的脸。她乌黑的头发在头顶梳成一个发髻，修长的马黛茶色脖颈从带花纹的薄衣中伸出来，喉咙那里的皮肤微微颤动，好像在吞咽什么，也许是一点儿口水，在十月午后的阳光庇护下，某种体液在她身体里兀自流动，填满了暗藏的褶皱。她睁着大大的眼睛，丝毫不回避毕昂柯质询的目光。

"连着失败三次了。"毕昂柯说。

"我们再试一次？"吉娜提议道。

"今天不了。"毕昂柯说，眼睛还在吉娜的脸上搜寻着什么。

一段时间以来，这张脸对他来说成了无法探究的陌生之地，他掩饰着内心的焦急，在上面寻找着哪怕是最微小的讯号，以便能稍稍了解存于其下那不安分的内部世界，那里涌出的各种画面和情绪都没有他的影子，他却想让自己沉浸其中，像没入深水一样，以便能下定决心、巨细无遗地将水底纷繁杂芜的物质实体一一审视清楚。然而，吉娜光滑的肌肤、迎向毕昂柯目光的单纯眼神都丝毫不透露她的内心世界，毕昂柯想，这样澄澈自然的单纯眼神看似无辜，却代表了更严重的离经叛道，代表了邪恶本身，甚至邪恶都不足以描述她体内狂野的欲望。于是，此刻毕昂柯头一回开始怀疑吉娜是不是在他们进行心灵感应练习的时候捣了鬼。那是一个周日，趁着仆人们都走了，他们从上午就开始练习，早饭后的两次试验和刚刚结束的这次都以失败告终，事实上，自打一年前他们结婚后搬到这座房子开始，所有的心灵感应试验都以失败告终。毕昂柯头一回对此产生了怀疑。再上一次试验就是八月末他从平原临时赶回家的那次，当时他撞见吉娜和加拉伊·洛佩兹在一起，吉娜嘴里吸着烟，脸上带着无比满足的表情，加拉伊·洛佩兹则一脸坏笑地在她耳边低语。但就连那个时候，尽管恼怒万分，毕昂柯都从没怀疑过吉娜；又或者正是因为气蒙了，他才没想过吉娜有可能在每次练习的时候都有意骗他。

"你确定足够集中精力了吗？"毕昂柯问。

"我每次都完全按步骤来的。"吉娜脸色有些不悦。

"好吧，好吧，你别生气。"毕昂柯故作轻松地拍了拍吉娜的肩膀。

"也许是我的错。"吉娜说。

"不管怎么样，今天就到这里吧。"毕昂柯说。

吉娜站起来，从碎花裙子的口袋里把剩下的两张卡片拿出来，和香蕉那张放在一起。粉色背景上，黄得夸张的香蕉图案显得有些立体，静静地躺在桌上。毕昂柯瞟了几眼卡片，然后转过身来，面无表情地欣赏起了沐浴在阳光下的小院。吉娜上前几步，来到他身旁。

十月第一天的温煦阳光下，两人的形象对比鲜明，其差异之大，即便是刻意为之也很难超越：吉娜比毕昂柯高一头，身体柔软灵活、圆润饱满，同时又高挑匀称、朝气蓬勃，她的短袖花裙紧紧包裹着胸和臀，裙子的下摆杂乱地散开，直垂到脚踝。吉娜有一股向外扩张的生命力，既坚强又柔韧，十九岁的她还完全没有当家主母的样子。无疑有一天她会变成那样，那时她身上完全属于女性的特质会占上风，而现在她身上散发的力量和性别无关，甚至可以说和她本人无关，她所拥有的更近似一种客观、抽象的美，即便渗透进各种感官中，也能第一时间被理智的头脑捕捉到，构成幸福的等式。她是充满矛盾又缺乏耐心的美人，脾气来得快去得也快，像孩子一样三分钟热度，时而健谈时而陷入没来由的沉默，美而不自知，甚至并不清楚美为何物，虚有其表的她虽然矛盾重重，某些时刻却能呈现出一种单纯的表象，就像一片绿叶，或像一颗鸡蛋——虽然由难以厘清的诸多复杂成分构成，却能将所有物质以最简单的方式聚合成单纯的黄白两色，于是，原本纷繁多样的内在就有了最简单明了的标识。在她身旁，矮胖的毕昂柯几乎没有脖子，砖红色的头发卷曲僵硬，平原的烈日也没能把他苍白的皮肤晒黑，细细的皱纹给他孩子气的脸庞平添了些憔悴，他以神秘为保护色，坚守着不为人知的身世之谜，躲在用算计搭建的堡垒里反复咀嚼着自己的秘密，穿着精心挑选却适得其反的衣服，忙着向外界树立自己沉着冷静的形象。事实上他的确做到了，他在平原上站稳了脚跟，准确无误地不停扩张自己的地下网络。但是，他头一次感觉到并且竭力不想让任何人看出来的就是，他身旁这个没有姓名的柔弱小人儿、这个从一年前开始每晚都和他同床共枕的美妙身体，才是他真正落入的陷阱，与她相比，多年前实证主义者在巴黎对他所做的不过是无伤大雅的玩笑。毕昂柯感觉到，自己身体的这座机器里，有一枚螺母、一个扳手或是一团生锈的铁线不小心掉进了齿轮和滑轮中，迟早会让机器卡住、出现损伤，继而爆炸。吉娜用手臂环住了他的肩，让他靠自己近些。

"我们很快就会成功的。"她说。

毕昂柯感激地看了看她，而吉娜似乎已经忘了自己刚刚说的话，开始欣赏起了院子上方的湛蓝天空。这块长方形的蓝色画布上没有云彩，也看不到太阳，春光却从上面流溢而出。

"我们应该去和我家里人一块吃饭来着，"她说，"我总是看不到他们。"

"他们上周日才来吃过午饭啊。"毕昂柯说，他有点为吉娜的反复无常感到气恼。

"也是。"吉娜说。

说着，她放开他，就像放开了靠着的一棵树或一根柱子，然后转身走进了卧室。毕昂柯感到有点受挫，他呆立着犹豫了会儿，接着像吉娜一样突然转身，向临街的大门走去。他坐在门口的大理石台阶上看向外面的街道，水沟边的两棵苦楝树投下阴影，帮他遮挡了阳光。街上空无一人，实际上整个街区就只有三四幢房子，其余都是荒地、院子或者花园。当地的名门望族都集中在城市的南部建房，毕昂柯则与众不同地把房子建在了北部，他选择了靠近河边的一大块空地，还买下了几个街区的地，盘算着如果有两三个有钱的移民在那儿盖房子，只需要短短几年时间地价就能涨起来。不过他也在城市南部买了座房子，让他做泥瓦匠的岳父慢慢装修，以此表明他不住在南部并非经济条件不允许，而是因为他想要引领一种全新的生活方式。

各种思绪突然不期而至，像细小的火光固执地反复闪现。执意要重现的回忆、几乎被遗忘的零碎画面此刻都获得了让人意外却又无可辩驳的新含义，它们同时在毕昂柯脑海中快速涌现，他徒劳地想要理清它们，想要平息屈辱和愤怒，想要重建秩序、恢复冷静，但所做出的努力是那样无力和可笑。现在他已经确信，吉娜从他们第一次进行心灵感应练习开始，就一直在有意欺骗他，甚至是满怀恶意地扰乱他，就是为了让他困惑、让他迷失、削弱他的能力。而一想到他曾经正是依靠这些能力去吸引她、诱惑她、让她接受并倾心于自己从而占有她，毕昂柯就更加感到屈辱和挫败。在结婚前，两人独处的时候，毕昂柯和吉娜说起过自己的能力，那时她好像听得饶有兴趣，有时还特别热情，说她也想试试自己的能力。毕昂柯的目光在空荡荡的街上游走，他看到阳光照耀着荒废的空地，花园里簕杜鹃、大丽花、宝盖草、马蹄莲在春光中盛开，不规则的街巷有些是土路，有些是砖路——除了他家门口这条，还有铺着灰色马赛克花纹的路——丛生的杂草不光长满了空地，连路旁的水槽、人行道的边缘和房屋的檐口都是它们的身影。"这里有很长一段时间都将是这副乡下样子了，虽然他们管这些地方叫城市，但事实上它们都还是乡下。"毕昂柯这样想着，得以暂时从他的屈辱心情里抽离出来。在他陷入最激烈的情绪或是最抽象的思考时，他的实用主义雷达总是会像这样无意识地突然启动。他让思绪戛然而止，重新走进家门。走过门厅、进入前院时，他看向卧室，门半开着，留下一道纵向的阴影，他朝那里走去，但半路上又改变了主意，转而走向后院。和前院不同，后院没有铺地砖，而是分成了几个区域：花园、菜园、鸡窝，最里面是马厩和养马的畜栏。看到主人出现时，正在漫不经心地嚼着草的三四匹马抬起头来，漠然地瞟了他一眼，又低下了头。

　　不知为何，毕昂柯心里有些不是滋味，他向马儿们投去敌视的目光，然后再也无法忍受待在那里，转身回到了前院。来自卧室的那道阴影透过虚掩的门在向他不断传递着无声的讯号，他似乎能感受到从里面散发出的奇怪气息，是一种迫在眉睫的危险氛围。有几秒钟，他认为吉娜在门后面监视他，满怀恶意地紧盯着他犹疑的脚步，看他在院子间荒谬地来回穿梭。但他马上感到疲惫和沮丧，如果她根本是无辜的，现在已经睡着了，那么他的屈辱和愤怒完全没有意义；而如果她确实撒谎了，在暗中监视他，那他的屈辱和愤怒同样没有意义。这样想着，他又一次向街边的大门走去。走到门厅的时候，出于其他原因，一阵新的疲惫和沮丧感又向他袭来，他站在阴影里一动不动，不能下定决心打开临街的门，害怕阳光下空荡寂静的街道会让他感到说不出的绝望，光是提前想象一下那景象就已经让他足够绝望了。他握着门把手苦涩地想，有关我能力的事都是她要我讲给她的，到头来却发现她不知耍了什么把戏来骗我。

"而且她已经快成功了。"毕昂柯用意大利语喃喃说道。

他自嘲地笑了，带点儿戏剧性的苦笑让他嘴角的苦涩印记比平时更深了，他摇摇头，一只手抚过前额，另一只手打开了门。他以为街道会像一记耳光一样迎面而来，但街上还是一如既往地平静，这里紧挨着草原，空地、畜栏和花园都比房子多；不只是平静，春日的午后，这条街道是如此舒适宜人。毕昂柯体内的苦毒在不停滋长，却没有向外渗出，有那么片刻，宁静温和的街道稍稍抑制了他翻涌的情绪，他感到诧异，眼前的景象太过古怪，树叶闪闪发亮，尘土街道静默无声，找不到任何让人更加愁苦的理由，这反而让他更加生气，就好像街道也成了吉娜的帮凶，企图用宁静来平息他的怒火。他有一种奇怪的、有违常理的欲望，就是迫使自己愤怒到极点，任由怒气向外蔓延，最终暴露出来为人所知，因为他觉得愤怒和屈辱感恰恰恰能证明他对吉娜的怀疑都是真的，而并非其结果。所以他又一次走进了家里，穿过门厅，进入前院。卧室的门依旧虚掩着，那道阴影散发着嘲笑、恐惧和危险的气息。毕昂柯看着门，克制着自己想要走进卧室的冲动。他想，如果她正埋伏在那里，我就没必要进去，也许她正在门后面等着我进去，那我不就自投罗网了。于是，他佯装镇定，把手插进裤子口袋，随意四处看看，他的眼神滑过走廊、天空，又看了看卧室对面、左侧走廊里的厨房大门，然后他朝后院走去。正在吃草的马儿看到他，漠然地抬起头来，不知为何，他又一次觉得可悲可恨。得近距离看看，他想，于是穿过花坛间的砖头小路，来到了畜栏前，在树干做成的围栏旁边停住了脚步。不明所以的马儿们稍微抖动了下身体，接着很快恢复了平静。毕昂柯看了它们一会儿，为自己的心情感到不解，他知道也许是因为情绪泛滥，他在一瞬间把自己的困惑和苦恼都归咎于这些无知却并不无辜的畜生了。但仇恨依然存在，甚至还增加了，尤其当他看到马儿光亮的毛发、紧实的肌肉，以及透过饱满结实的身体清晰可见的心跳、震颤和脉搏。不过是任人买卖的东西罢了，他轻蔑地想，但一瞬间他又觉得自己还不如它们，他在这些结实、黝黑、富有生命力的动物面前感到自惭形秽。

"冷静，毕昂柯。"他大声用意大利语对自己说，又低声自嘲了几句，然后短促地笑了一声。

他没法在一个地方待上几分钟，所以转身沿着花坛间的砖头小路朝前院走去。他迈着缓慢坚定的步伐刚走了三四步，清晰完整的回忆就浮现了出来，他终于明白自己为何会有恨意。那时的画面和细节都如此清晰，他快速将它们一一回顾的时候，体会到一种确信的力量，一种矛盾的喜悦感，因为这一深藏于心的回忆非但没有抹去他的怀疑，反而证实了他的猜想，让诸多像暗流里的海难残骸一般漂浮在他心里的杂乱零散的事实有了含义。那是几年前的一个下午，也是在春光正好的时候，他没有提前通知就去吉娜家里拜访，想和未来岳父聊聊他在城市南部要买的那座房子，让他用专业的眼光来评估一下具体需要多长时间能装修好。毕昂柯敲门的动作很慢，因为正好赶上午休时间，他怕岳父母正在睡觉。结婚前他还不能确定他们会不会对婚事改变主意，所以他不想惹他们不高兴。他敲了几次都没人应门，所以在旁边的泥土小路上走了几步，犹豫着要不要从侧门进去，那里直通向菜园、畜栏和鸡窝所在的后院。也许他们刚在院子里的树荫下吃过饭，他想，因为天气不错，吉娜的父亲也还没有出门干活。于是，尽管有些犹豫，毕昂柯还是穿过侧门，沿着宽敞的主路往前走，这条路被稗草和红白紫三色的马鞭草覆盖，通向后面的院子。毕昂柯因擅闯空宅而产生一种很难解释清楚的复杂感受，既觉得自己无所不能、掌控一切，又为可能被人发现而有些害怕。起初，毕昂柯除了自己鞋子踩在稗草上的沙沙声什么声音也没听到，房子、后院、街道都静悄悄的。不知道为什么，也许是因贸然闯入而感到羞愧，他尽量放轻脚步，不想弄出更大的动静来。但过了一会儿，他渐渐听到有马的骚动声在断断续续地传来，不安分的马蹄慌乱地落在土地上，不断发出沉闷的声响，间歇能听到几声短促的嘶鸣，更像是沙哑的低吼，听起来既专注又显得踌躇不定，那匹马似乎因为想要全身心地投入某项活动却无法得偿所愿而着急生气，时不时发出只言片语的抗议。终于，毕昂柯走进了后院，穿过繁花盛开的梨树、杏树和桃树，他看向院子最里面的牲畜栏，奇怪的马蹄声和断断续续的怒吼声似乎都来自那里。

　　他很快就知道了骚动声因何而起。畜栏里，一匹正在发情的公马试图骑在一匹母马身上，而这匹母马不知是因为没拿定主意、有点耍性子还是感到不舒服，既没有乖乖顺从也没有逃跑，一直半接受半回避着。公马巨大的肉色生殖器青筋暴出，因为越来越兴奋而变得湿滑，像一根上过漆的棒子一样直挺挺地斜挂在两条后腿之间，又硬又重，随着它的动作不停地来回摆动。它把重心放在后腿上，想把两条前腿支在母马背上，但是母马依旧在原地一动不动，只有当公马用生殖器在半开的洞口试探过后准备插入的时候，母马才稍微晃动一下臀部，也不知道是在配合公马还是在躲着它，母马每晃动一次臀部，都正好阻止了公马的插入，于是焦急的公马发出怒吼，有些笨拙地在地上乱蹬。毕昂柯的脸上浮现出一抹阴翳的笑，他砖红色的眉毛挑了起来，嘴巴也开始动了起来，他眼神追随着为了达到目的不懈努力的公马，随之撇嘴、挑眉或蹙额。突然，一个之前被他忽视的细节把他从这种全情投入的状态中拉了回来：畜栏的一侧有一团红色，他转头一看，发现那是穿着红色便裙的吉娜，她正靠在一棵树上，在距离畜栏几米远的地方观看着同样的场景。毕昂柯大吃一惊，不由得颤抖起来，后颈上和后背两块肩胛骨中间开始感到脉搏在剧烈地跳动。他悄悄上前几步，已经完全失去了对马的兴趣，把所有注意力都集中在吉娜的脸上，而她还沉浸其中，没有注意到他的到来。毕昂柯细致甚至是急切地探究着吉娜的表情，自己也不知道在寻找什么样的情绪，然而从吉娜静立、专注的寻常侧影什么都看不出来，只能看到她神情严肃、若有所思，正波澜不惊甚至有些冷漠地看着眼前的景象，她的头微微前倾，后背几乎没有靠在树上。但是当视线下移，毕昂柯发现吉娜的右手透露了她的态度，马黛茶色的手臂又细又长，从红色裙子的袖口里露出来，略向后伸展，毕昂柯注意到吉娜正在用留着尖指甲的纤细手指抠挠裂开的树皮，执意想从上面扯下一块来，被遗忘在身体尽头的手指动作中透着野性，毕昂柯试图在吉娜脸上找到的情绪似乎沿着她的身体一路下行，正在从她椭圆形的锋利指尖逸散出去。毕昂柯无法确定吉娜的手指表达的情绪究竟是欲望、不安还是痛苦，她舒展的面容虽然专注但是很平静，没有任何倾向性，看不出丝毫的内心起伏。毕昂柯想要了解她究竟在想什么，于是故意走上前去，把鞋子在地上踩得嘎吱响，像是要把鞋底的杂草蹭掉似的，他想吸引吉娜的注意，吓她一跳，让她回过神来。然而，没想到是吉娜让他措手不及。一听到脚步声，吉娜就转过身来，十分自然地来到毕昂柯面前，和他握了手，她什么都没说，也完全没有吃惊的样子。毕昂柯在她脸上找寻任何情绪的波动，但那双深色的眼睛大大地睁着，坦诚地看着他，神情有礼而高兴，态度亲切又从容。在吉娜身后，公马继续做着徒劳的尝试，把牲畜栏的土地踏得闷响，不断发出短促的闷哼，从吉娜的脸上完全看不出她是否察觉到什么，或者即便她看到了什么，从她脸上也完全看不出那是否对她产生哪怕一丝一毫的影响。毕昂柯佩服地想，这个十七岁的小人儿居然有如此强的自控力，如果她有特别的能力我也毫不意外，也许以后我们还可以一起练习。然而与此同时，另外一个更加隐秘的念头还没有完全在他脑中浮现出来，但已经让他感到无法言说的不安。现在他一面走在通往前院的砖路上，一面回想当时的感受，一切都变得清晰起来，说实话那是个让人难以接受的念头，让他对吉娜能冷静掌控情绪的佩服变了味：那就是，吉娜没有展露出任何情绪并不是因为她缺乏生气或麻木迟钝，而是因为畜栏里的马伴随着嘶鸣声在马蹄荡起的尘土中所做的事，对她来说再自然不过，本质上和她是一体的，她在那一刻已经成为了那对互相角力的马，迷失在充满肉欲、血脉偾张的混乱中。在她和马之间没有任何距离，毕昂柯想。他将砖路留在了背后，走进了前院。

　　他在走廊停下，看着卧室虚掩的门，那道纵向的阴影吸引着他又让他望而却步，犹豫了几秒钟后，他努力压制着内心不断涌起的沮丧和愤怒，穿过洒满阳光的庭院，猛地推开卧室的门走了进去：吉娜正仰面躺在床上，静静地睁着眼睛，一只手掌轻轻落在前额上，她的眼睛稍微朝门这边瞟了瞟，但身体依然保持不动。

"你怎么了。"她说，语气更像是陈述而非疑问，这表明她已经从毕昂柯脸上看出来他情绪的剧烈起伏，紧接着，像孩子那样简单直接，她用另一只手拍拍床上空着的那一半，让毕昂柯过来躺在她身边。

毕昂柯没动。

"应该是我的错，"吉娜说，"我可能还是不清楚怎么才能集中注意力。"

"不，不，不是的。"毕昂柯说。

"你什么时候愿意我们可以重新开始。"吉娜说。她从床上坐起来一点，认真地看着毕昂柯，"我觉得你还有别的心事。你刚才是在喝酒吗？"

毕昂柯摇了摇头。吉娜对他心神不宁的状态给出的孩子气的解释在撕扯着他，要把他分裂成两半，他时而觉得她很真诚，时而觉得她在用这种方式让他重新陷入怀疑和不确定中，他还有一层担忧，就是如果吉娜说的都是真心话，那说明她不过是个平庸无趣的俗人。但吉娜的外表让他平静了下来，自从他撞见她抽着烟和加拉伊·洛佩兹举止亲密以后，他就发现自己永远没法鼓起勇气直接问她那件自己最迫切想要知道的事。其实就算不问他也知道，他根本没有办法让吉娜对自己坦陈一切，吉娜一定会十分笃定地坚持否认到底，不仅是因为害怕或者虚伪，更是因为她会打心眼儿里认为即便她彻底背叛了自己的丈夫，也没有什么好坦白承认的。除了花心思、耍手段迫使吉娜自我暴露以外别无他法，因为还有一个更大的障碍阻止真相以其他方式水落石出：自从认识吉娜开始，毕昂柯心里就一直有一个声音，从早到晚在他耳边低语，说他和吉娜的结合有违天理，他越往前走就越接近来自未知力量的巨大风暴，那是四十年来使用各种阴谋诡计将敌对的物质世界玩弄于股掌之中的他不曾见识过的危险。怀着这个秘密的想法，他把和吉娜的结合看作是一个挑战，是跟那种陌生力量的斗争，在他看来，那是物质为他设下的陷阱，在那里他对吉娜的所有情感都结成了困住他自己的细密网罗。他试图掌控吉娜，并且认为整个物质世界都应该臣服于他脚前、听他差遣，别人也许会觉得他骄傲狂妄，但毕昂柯认为这是清醒警觉，在终将陈旧朽坏、被人厌弃的肉体面前理应保持精神的警醒。这一斗争由于是在暗中进行，就更需要超乎常人的努力，毕昂柯不得不多费工夫才能让每一次较量都不暴露在外，因为他深信，想要让苦苦挣扎的物质脱离连她自己都没有意识到的利爪，就必须以沉着镇定的样子示人，穿上让人安心的伪装，让自己的形象如同银版照片[1]一样平整清晰，全无刺眼的颜色或突然的变化。

"我觉得很内疚。"吉娜说。

"完全没必要这样。"毕昂柯说，为了安慰她，他在床边坐下，但没打算待多久。

吉娜伸出手，想要握住毕昂柯粗短的手指，他白色的手指背面覆盖着稀疏的红色汗毛，但是毕昂柯假装没看到吉娜的动作，把手收了回来，和另一只手一起叠放在肚子上。吉娜没注意毕昂柯已经故意撤回了手，只能让自己的手落在了白绿色条纹的床罩上。

"没必要担心，我只是有点累了，仅此而已。"毕昂柯说着站起身来，走出了卧室，坐在了门边的藤椅上。

他第一次看见吉娜是在旅馆的小院里。当时他刚吃完午饭，正坐在树下和"西班牙人"一起喝柠檬水，享受着树荫下隔绝了周围温热空气的凉爽惬意。"西班牙人"已经习惯了和毕昂柯聊天，尤其是当毕昂柯以不错的利息借

---

1 银版照片的拍摄方法由法国布景画家达盖尔于 1839 年发明，用这种方法拍摄出的照片具有影纹细腻、色调均匀、不易褪色等特点。

给他一笔钱以后，两人就走得更近了。这笔钱是为了给旅馆增加几个房间，因为随着游客增多，旅馆生意越来越好了。客人里以外国人居多，英国人、法国人、西班牙人、意大利人为了生意、政务或单纯因为好奇纷纷来到这座小城。"西班牙人"正在等科斯莫，也就是吉娜的父亲，想跟他谈一谈给旅馆修建新房间的事。这时，毕昂柯注意到有一个人穿过树影朝院子深处走来，她穿着用简单轻薄的布料做的花裙子，每走一步裙子下摆都在鞋子周围层层堆叠，有几秒钟，毕昂柯没有抬头，只盯着裙子下摆的起伏，只见印花布料来回摆动，在白色鞋子上方留下一道道晃动的褶皱，裙子上五颜六色的花朵时隐时现，看起来不像是印上去的图案，倒像是蓬勃生长的鲜花，形态各异、娇艳多姿。当他抬起头，看到一张鹅蛋形的脸，头上戴着一顶朴素寒酸的白色草帽，可以看出来即便没有帽子和头上的发髻，眼前这个小姑娘也比她父亲要高。她的父亲手拿草帽，有些畏畏缩缩地走在她身旁，而她则全然不同，毫无顾忌、毫无惧色、不卑不亢地面对一切，在任何时候都很自如，既不疑惑也不虚浮。虽然毕昂柯第一眼就倾心于她的美貌，但更吸引他注意的是她面对世界的冷静无畏、直率坦然。她父亲和"西班牙人"聊了一会儿，他们站着喝完了"西班牙人"送来的柠檬水。毕昂柯对他们的谈话毫无兴趣，一直在暗中打量吉娜，但吉娜似乎并没有注意到他的眼神。过了一会儿，父女俩走后，毕昂柯听"西班牙人"讲了好久他的旅馆扩建计划，还询问了不少细节，以便尽可能地让自己想问的问题显得和刚才在院子里出现的吉娜毫无关联，这样"西班牙人"才不会把二者联系起来。终于，他打断了"西班牙人"的话，问道：

"他是个好瓦匠吗？"

"他不光是瓦匠，""西班牙人"说，"还会盖房子。"

"说实在的，虽然在您这里住得很舒服，但我想，是时候盖一座自己的房子了。"

"那可真遗憾。""西班牙人"神秘兮兮又不无礼貌地说道。

吉娜和她父亲刚转身离开，毕昂柯就已经开始筹划起来了：我至少得先等上两个月，然后，接下来的两个月里就只说房子的事，再下面的两个月让吉娜的家人看到那座房子和吉娜之间的关联，让他们觉得，对吉娜这样出身于好人家的女儿来说，没有一个像我计划要建的房子那样的安身之处是不行的，而对我这个年纪、已经在世界各处漂泊了太久的男人来说，房子里没有吉娜也只会是形同虚设。

毕昂柯的计划精确到了极点，从他给加拉伊·洛佩兹的信中提到和吉娜的婚事就能看出来。其实那时他还没和吉娜的父亲提过亲，但他已经预见到一切都会按照他的计划进行，并且他为自己能如此笃定而感到额外的满足。当他收到加拉伊·洛佩兹写来的贺信时——这封回信确实很快，虽然言语间不乏揶揄——其实还没有任何值得祝贺的事情，因为他还没有正式提亲，吉娜一家对此还一无所知，但毕昂柯毫不怀疑现实就像一张已经画好的画儿，只待他来折成四叠、放进口袋。他是对的，正如他第一次看到吉娜时所立即筹划的那样，六个月后吉娜成为他的未婚妻，他们的房子也已经开始盖了。这座房子像一个抽象的框架，一个想象中的对象，和象棋比赛里的一步棋一样，本身没有价值，只为了赢得比赛而下。在整个过程中，只有一件事让毕昂柯感到不安：吉娜的家人明显对这门婚事非常满意，他们如花似玉、知书达理的女儿理应配得富有的良婿，这是完全符合常理的事，但让毕昂柯感到困惑又有点矛盾的是，吉娜也立即接受了这门婚事，她没有表现得激动或高兴，任何正面或负面的情绪都没有流露出来，毕昂柯开始不止一次地怀疑，后来这种疑问一直在他脑中盘旋，那就是吉娜的接受是否代表了一种无所谓的态度，甚至都不是听天由命，而是彻底的无所谓，因为听天由命自带的死心和忧郁在她身上也完全看不到。吉娜家人同意婚事的理由很明显，而吉娜的动机却让他摸不着头脑。一开始，他每周日下午去看她一次，有时候会被邀请留下来吃晚饭。随着时间推移，他们见面越来越频繁，有过不少次独处的经历，他们有时候在客厅里单独待上好一会儿，天气好的时候也会一起坐在院子深处的树荫下。甚至有时候他们还被允许去市中心转上一圈，一起逛逛商店，吉娜就这样慢慢备齐了婚礼需要的东西，毕昂柯也乐意绅士地为她买单。自始至终，他们连手都没有碰过，但他们无所不聊的谈话不止一次在毕昂柯口中变得火热起来，吉娜似乎也听得异常认真。显然，毕昂柯时不时会有想要抚摸她、占有她的冲动，因为随着吉娜越来越接近成年，她的身体也在不断成熟生长，日益变得结实丰满起来，但是毕昂柯克制住了欲望。不过他不安甚至有点恐惧地感觉到，吉娜会接受他的抚摸，甚至完全任他摆布，一如既往被动地接受一切。然而，这种被动和顺服截然不同，这就好像吉娜也有她自己的计划，比毕昂柯的更长远、更深不可测、更势不可挡；而在吉娜的计划里，毕昂柯不过是无足轻重、可以被替换掉的附属因素。

新房竣工几个月后，婚礼终于如期而至。因为是在家庭内部举行，所以加拉伊·洛佩兹没有从布宜诺斯艾利斯赶回来参加，但他鼓动毕昂柯去那里度蜜月。毕昂柯觉得这是个好主意，跨国婚姻的迷人之处——让夫妻俩感受到世界未知的一面，并把它同化为两人都熟悉的东西，将不同的新奇元素融入其中——他全然不觉，他只想通过去首都度蜜月和吉娜家里划清早想设置的界限，从一开始就明确自己在各方面的掌控地位。但是由于两人周六结婚，最近的一艘船周日下午才开，所以他们还是在家里度过了结婚后的第一个晚上。

新房里只剩下他们俩。十月末，天气已经开始热起来，虽然是夜里十一点，还是可以不穿外套待在房间里甚至是院子里。按照习俗，婚宴在新娘父母家举行，宴席结束后他们被马车送到了新家。马车在土路上远去，在夜色里宛若星光闪闪的马蹄声也听不到了，毕昂柯和吉娜在院子里走了走，然后进了卧室。关于即将发生的事他们从未聊过，哪怕是最委婉的暗示都没有过。虽然毕昂柯又一次感到后颈和后背上两块肩胛骨中间狂跳的脉搏，他还是克制地去院子里抽了支烟，等待吉娜换衣服。这期间他不时向能透出室内灯光的布窗帘瞟上几眼，当他估摸着吉娜应该准备好了，就慢慢朝着卧室门走去，在门外听了几秒来自外面的动静后，他用食指关节敲了两下门上的玻璃。

"进来吧。"吉娜应道，声音毫无起伏。

毕昂柯推开门，却一下愣在门口：过去的几个月里，当他们去市中心逛街给吉娜准备嫁妆的时候，毕昂柯总是礼貌地等在外面，让吉娜自己或者和她母亲一起一件件挑选衣服——吉娜温暖又遥远的肉体将由这些柔软丝滑的衣物层层包裹，隐藏其中——每次在女士们让店员把衣服包起来以后，毕昂柯才会走进商店付账，虽然他从未看到过这些他心甘情愿买单的商品，但他一直在想象每个夜晚吉娜的身体在绸缎睡衣下若隐若现的样子，所以当他看到床罩被掀开、吉娜一丝不挂地躺在白色床单上的时候，不由得目瞪口呆、挑起了砖红色的眉毛，他往边上走了几步，靠在了洗手台上。吉娜马黛茶色的身体结实匀称、富有曲线，自肚脐开始赫然有一道纵向的黑色毛丛连接着阴部的三角地带，形成了一个箭头，最终指向凸起的褶皱，里面的粉红色隐约可见；吉娜睁着眼睛，一如既往平静坦诚地看着他，既无羞怯之色，也无挑逗之意。这一切都让毕昂柯心跳加速、不知所措。吉娜鹅蛋形脸上的表情尤其让他感到不安，它似乎在用直白的方式表明：从毕昂柯注意到那双白色鞋子上堆叠的裙边开始，到几秒钟前他用食指关节叩响卧室门上的玻璃为止，两年的等待时间里那些委婉暧昧、转弯抹角、意有所指的说辞，吉娜全都心领神会。毕昂柯内心深处有一种直觉，时而如电光石火般突然浮现出来，他觉得在吉娜身上有一种无法接近的陌生元素，是不受他掌控的意外之物，他今后每一步的筹划算计都必须考虑到这股无法定义的力量，他只能不顾一切地去操控它，因为他知道，这股力量一旦被释放出去，会造成不可预估的破坏性结果。

自从让自家工人给毕昂柯在平原上盖了那座茅屋以后，加拉伊·洛佩兹就再没回过小城。他和毕昂柯一直保持通信，长篇累牍的信上记录着两人充满讽刺、调侃的唇枪舌剑，此外，毕昂柯每年夏天都会去布宜诺斯艾利斯，用好几种语言就未尽的话题继续两人的长谈。加拉伊·洛佩兹对毕昂柯结婚这件事稍有微词，他认为思想家和艺术家不适合组建家庭，因为他们本身已经构成了一个家庭，用他自己的话来说，他们共同滋养孕育着虽然无形但是不会朽坏的后代，即精神的杰作。话虽这么说，他不光把房子让给毕昂柯夫妇、自己搬去酒店住，而且还亲自在港口迎接他们，穿得比任何时候都更优雅，那是他在镜子前将惯常使用的低调颜色精心搭配出的和谐效果。为了不让他久等，毕昂柯先下了船，两人热情地聊了几句之后，吉娜也收拾妥当，出现在跳板上。一看到她，加拉伊·洛佩兹苍白的脸上突然印上了两团红色。

"真有你的，亲爱的朋友。"他表情严肃地小声说道，甚至没有回头看毕昂柯，一直盯着吉娜苗条又凹凸有致的身材，看她每走一步修长的双腿在黄色裙子上印出的轮廓，吉娜就这样在加拉伊·洛佩兹的注视下沿着略微倾斜的跳板下了船。

"我把我在整个南美洲唯一的朋友交给您了。"加拉伊·洛佩兹在吉娜手上留下了长长一吻后说道。他言语里带着似有若无的嘲讽口气，毕昂柯似乎从中感受到一种复杂的情绪，一种内心的激荡，就好像他在说出这句话时呼吸不畅似的。加拉伊·洛佩兹习惯在谈话开头的几句把对方的手一直握在自己两手中间，以往每次被这样对待时，毕昂柯都感到不太舒服，而现在被这样握住的是吉娜的手，就更让他焦躁不安了。如果不是吉娜趁着加拉伊·洛佩兹稍不注意的时候暗中向他投来求助的目光——就好像在求他救自己脱离当时的境况，那么吉娜脸上因为加拉伊·洛佩兹热情的举动而产生的既惊讶又愉快的表情一定会让毕昂柯感到生气。

他们在加拉伊·洛佩兹家里住了下来，他在领他们参观完所有房间、给女佣和厨娘交代了任务后就离开了，一连三天都没再露面。吉娜换衣服准备出门的时候，毕昂柯略带挑剔地审视着他的图书馆。虽然毕昂柯来过这里好多回，但从来没有机会随心所欲地参观。当他发现里面不乏在实证主义信徒那里封神的主要作品时，他并不感到惊讶，也对自己的不惊讶感到毫不意外：他老早就发现加拉伊·洛佩兹为了让他高兴会隐藏很多真实的想法，他欣赏这种态度，但是在内心深处却认为这完全没有必要，因为在他看来，加拉伊·洛佩兹的心性不够成熟，还有点古怪荒唐，更适合做艺术家而不是思想家，他原本就对加拉伊·洛佩兹在哲学上没有过多的期许，所以可以包容他持有不同的信念。第三天的时候，加拉伊·洛佩兹来找他们，举手投足都礼貌谨慎至极，有些刻意地想要表明在他们居住期间，他才是这个家的客人。

"可是这里是您家啊。"吉娜笑着说，加拉伊·洛佩兹眯着眼睛不停地摇头："不不不不不。"语气坚决又严肃，就好像这种想法是完全不能接受的。当和毕昂柯单独在一起时，吉娜模仿着加拉伊·洛佩兹，拿他打趣。但每次他来拜访他们或者和他们一起散步的时候，两人总是聊得很开心。毕昂柯有点像个局外人，在一旁观察他们：如果不是因为加拉伊·洛佩兹苍白的皮肤——他会说那是因为他总是尽可能不让自己在夏天被晒黑——和吉娜马黛茶色的皮肤反差明显，两人在外表上是十分相像的，被人当成兄妹也有可能。他们身高完全一样，当三个人一起散步时，毕昂柯总是走在中间，他砖红色的头发刚刚打到吉娜和加拉伊·洛佩兹的下巴，他们俩有时候甚至会越过他的头顶说话。加拉伊·洛佩兹精心修剪过的头发、胡子和吉娜的头发一样乌黑顺直。除过肤色不同，他们的手也几乎一样，都又长又细、骨节分明。眼神也同样相似，都习惯睁得大大的，坚定、真诚地注视着毕昂柯，澄澈的目光中有时会闪过隐秘的光，对加拉伊·洛佩兹来说，这种光来自傲慢，对吉娜来说，这光则源自某种也许连她自己都没有意识到的、难以探查的情感。虽然吉娜在每次他们刚刚分别的时候都会表情夸张、长吁短叹地表示受够了加拉伊·洛佩兹，但毕昂柯总在第二天发现两人又开始愉快地交谈起来，这促使他心里产生了一丝几乎察觉不到的焦虑，也让他有了一个越来越强烈的愿望，那就是如果两人之间真的存在什么也许连他们自己也没有意识到的情愫，那么他想迫使他们把它挑明。他在困惑中想追求的不是内心的平静，而是事情的确定性。其实他也不知道想确定什么，或许是某种新情况，是他四十五年的生命里从未担心过的东西；又或许他曾有过类似的担忧，但那都是三十岁之前那段晦暗岁月的事了，他总想对全世界隐藏那段时光，到头来那些岁月对他自己来说都变得模糊不清了。毕昂柯觉得，如果两人之间真有点儿什么，而他又是唯一察觉到的人，那么情况就更让他难堪，似乎造成这一切的不是吉娜和加拉伊·洛佩兹，而是邪恶的物质力量在他们体内的化身，千变万化的物质实体和转瞬即逝的合宜温度一次次恰逢其会、贪婪扩张，衍生出无关善恶的结果。

一天晚上，三人在酒店餐厅共进晚餐的时候，加拉伊·洛佩兹说："明天我不用去医院上班，我想请您把吉娜借给我，*亲爱的朋友*，让她帮我给妹妹们挑挑礼物，当然，如果吉娜愿意的话。"

就像每次准备答应一个和自己的计划完全一致的提议时那样，毕昂柯假装思考片刻，随即说道："明天正合适，正好我也有些事需要处理，我还担心得让吉娜一个人待一整天呢。"

"我答应您傍晚就把她送回来。"

第二天上午十点钟左右，加拉伊·洛佩兹来接吉娜。两人走后，毕昂柯没有像之前打算的那样穿衣出门，而是躺到了床上，一连几个小时都无法起身，等待着吉娜和加拉伊·洛佩兹回来。他不断对自己说："他们傍晚才回来，没必要一直等着。"但他时不时又好像听到大门的响动、吉娜的说话声、加拉伊·洛佩兹的笑声，还有穿行在房间里、向卧室走来的熟悉的脚步声。有两三次他使尽全身力气走到临街的窗口看他们回来了没有。一直到下午一点左右，他才换好衣服去见那几个和他有事要谈的商人，并且对自己之前的怪异举动全然不觉。但他几乎没怎么听他们在说什么，他标志性的实用主义直觉——他刻意不把它当回事儿，有时候提起自己这项天赋的口气就好像有些人谈论自己吐口水的技术那样随意——也似乎从早上开始就停止了工作。他尽早结束了商谈，走到了大街上，每走过一个街区就好像看到吉娜和加拉伊·洛佩兹在商店和房子里进进出出、坐着马车在街上闲逛，吉娜的黄裙子似乎无处不在，飘荡在布宜诺斯艾利斯的各条街道上又消失不见。她在港口下船的时候就穿着这条裙子，那天早上毕昂柯惊讶地发现她又换上了它。终于，大概四点钟的时候，他回到了家里，坐在门边的扶手椅上开始等待他们回来。时间一分一秒地过去了，他在那里瘫坐了一个又一个小时，他只能等待，其他任何事情他都无力完成，任何举动他都做不了。奇怪的是他什么都没想，没有想象或怀疑任何事，也没觉得吉娜和加拉伊·洛佩兹有什么特殊意图，他只是急于想知道，他自认为在吉娜和加拉伊·洛佩兹身上感受到的那股敌对的野蛮力量是否已经向他们显明了，他迫不及待地想要在他们脸上看到那股力量已经显现出来的确据。房间越来越暗，他一直静静地等待，就像走在梦里无尽的长梯上，从一个台阶到下一个台阶，从这一刻到下一刻。直到快八点的时候，他听到了门响，于是一下子从椅子上跳起来，跑进卧室往床上一躺，假装睡了过去，吉娜走进卧室轻轻摇了他几次才把沉睡的他叫醒。吉娜吻了吻他的脸，毕昂柯发现她好像不太高兴。就像真的睡了好几个小时似的，他洗了洗脸，稍微整理了一下，然后走进了客厅，这时吉娜已经把灯点上了。他用轻松愉快的语气说：

"我好像睡太多了。"

"我们给您准备了一个惊喜，会让您一下子精神起来的。"加拉伊·洛佩兹说。

毕昂柯稍微挑了挑眉。

"吉娜，还是您来说吧。"加拉伊·洛佩兹说。

"别了，"吉娜严肃地说，"您才是始作俑者。"

毕昂柯发现吉娜越来越不高兴。他等了几秒钟，加拉伊·洛佩兹终于从桌上堆积如山的礼盒中拿出一个只有巴掌大的盒子，盒子外面包着光滑的牛皮纸。加拉伊·洛佩兹把盒子递给他：

"这是为了让您的想象成真。"

毕昂柯接过盒子打开了：那是一个金属器具，不比他的手掌大，事实上是一个约十五厘米长、五厘米宽的铁制工具，两端朝上垂直弯曲，形成一个底部为直线的"U"形，低部比两侧稍微厚一些，垂直的两边各有一个高度相同的洞。毕昂柯把这个金属器具拿到右眼前，穿过两个洞口看向加拉伊·洛佩兹：

"这是固定围栏的U形螺栓。"

透过平行的洞，毕昂柯看到加拉伊·洛佩兹笑着说："所以我们才单独去的，就是为了给您惊喜，*亲爱的朋友*。"

加拉伊·洛佩兹一直用复数的"我们"，这让毕昂柯感觉到有点频繁和刻意了，而且从某种意义上来说还适得其反，不光没把吉娜包括进来，反而更凸显这一切都是加拉伊·洛佩兹自己的好点子，不过毕昂柯对此并不在意，他有些激动地掂了掂手里的螺栓，向加拉伊·洛佩兹投去询问的目光。

"一个德国朋友可以把我们引荐给制造商。"加拉伊·洛佩兹满意地说。

毕昂柯缓慢地点了点头，已经开始考虑这件事的现实结果：从几年前开始，他就计划在平原上设立围栏为牧场划定界限，鉴于当地传统的牧场主对此持反对意见，他想如果能和加拉伊·洛佩兹合作，就像是在他们内部安置了一个特洛伊木马，连加拉伊·洛佩兹的弟弟——虽然兄弟俩有仇，或者正是因为兄弟俩有仇——也不能反对。而且，他深信这一措施会卓有成效，所以他想，只要一小部分人能接受，迟早所有人都会同意安装围栏的。加拉伊·洛佩兹在接受这个方案前游移不定了很久，现在他用故作神秘又带点儿戏剧性的方式给了毕昂柯答复，这也符合他一贯的作风。这份礼物让毕昂柯大喜过望，他一边点头，一边若有所思地笑了笑，他的笑容让嘴角的苦涩莫名地缓和了片刻。加拉伊·洛佩兹带着惯常的讽刺看着毕昂柯，但此刻他的眼神中有了情绪的波澜，这是由他自己的行为引发的，他情绪的变化有点儿明显，或者说他明显在掩饰着自己的情绪，因为他感觉到毕昂柯接受礼物的表面下有某种暗流在涌动。毕昂柯内心的暗流涌动，与其说是因为侧边有平行洞口的 U 形铁棒，不如说是源于以下的想法："在这次旅行前，我每次跟他提到在牧场上设置围栏的计划，他都冷嘲热讽，甚至嗤之以鼻，即便表现出兴趣也是假装的。而现在，好巧不巧，正好在我刚结婚的时候，他突然主动起来，在各方面都先我一步，就好像已经成了我的合伙人。"

"谢谢你，吉娜。谢谢您，*亲爱的医生*。"毕昂柯说。听到他的话，加拉伊·洛佩兹满意地笑了，而吉娜听到这话更不快了，她毫不掩饰自己的不满，从桌上拿起几个盒子就往卧室去了。加拉伊·洛佩兹因为晚上要在医院值班，没法留下来吃晚饭，当他走后，毕昂柯走进卧室，发现吉娜躺在床上。虽然黑着灯，吉娜也一动不动地躺着，毕昂柯还是察觉到她没在睡觉。他急不可耐地想要在她脸上一探究竟，仔细考查揣摩她每一个表情，想要知道那股他确信早已进入她体内的力量是否已经显现出来了。出乎他意料的是，吉娜在黑暗中开口了，她抽泣着对他说：

"你让我浪费了一整天，就为了找这块破铁，我以后再也不来布宜诺斯艾利斯了。我还以为是来这儿度蜜月的。"黑暗中，吉娜边抽泣边说，"还有你的安东尼奥！你的安东尼奥，简直烦死了！我又不是和他结的婚，我干吗要去给他的妹妹们买礼物、送礼物啊。"

毕昂柯摸黑在她身边躺下，准备安慰一下她。吉娜的哭泣让他有些意外，这是他认识她以来第一次看到她哭，居然还是为了这样不值一提的理由，他在黑暗中轻轻笑了一下。某种意义上来说，吉娜的存在本身就让他害怕，一想到吉娜会在他身边和他一起度过从今往后的岁月他就感到不可思议，又觉得有点儿危险，事实上，一向高高在上、以事不关己的冷漠态度看待所有情形的他只是模糊预感到了危险和恐惧，他没有把这种预感提到意识层面，而是把它固定下来，变成一种高度警觉的常态，就像一个在黑暗中行走的人，知道自己会受到攻击，却不能预判攻击会从何处袭来。吉娜牵引着他所有的思绪，就像吸铁石之于铁屑，同时，正如在磁场里移动得越来越快、无力挣脱的铁屑一样，他对吸引着自己的这股力量也一无所知。他轻拂吉娜的头发，用灰白的手指摸了摸她淌着眼泪的脸颊，开始跟她说起了加拉伊·洛佩兹：虽然他不太成熟，但别忘了他是他唯一的朋友，还是他的合伙人，甚至把自己的房子借给他们度蜜月，此刻他们正睡在他的床上。吉娜慢慢停止了哭泣，似乎听得异常专注，又过于轻信，完全按照字面意思理解他的话，对他所说的全盘接受，毫不理会可能存在的言外之意。这份专注和轻信不是出于对他的顺从，而是因为她本身简单，她听得如此投入认真，让毕昂柯在努力安抚她、劝说她接受加拉伊·洛佩兹的过程中有一瞬间不禁怀疑自己是不是把加拉伊·洛佩兹夸得过头了，甚至犹豫着要不要在吉娜面前承认加拉伊·洛佩兹的一些明显缺点，比如他的傲慢。但他没能这样做，连他自己都没有意识到，在经过一天的漫长等待后，吉娜对加拉伊·洛佩兹的评价让他感觉有点沮丧。

"无论如何，你别再让我跟他无聊地待上一整天了。"吉娜在黑暗中抱住他笑着说。

但第二天晚上，当加拉伊·洛佩兹来跟他们一起吃饭的时候，吉娜又恢复了前几日的推心置腹、谈笑风生。加拉伊·洛佩兹一进门就吻了她的手，又一边说些俏皮话，一边把她的手在自己两手中间握了好一会儿，这一次，吉娜没有暗中向毕昂柯投去求助的目光。他们两个就像是用同一种物质做成的，由同一块富有弹性和青春活力的面团同时揉成，又分成相同的两块，塑成各自的形状被投放到

127

世界上，永远带着共同的原产地标记，甚至似乎连性别的差异也能消弭，如果说加拉伊·洛佩兹丰富的肢体动作、尖锐的嗓音和富有感情的音调和叹息让他具备了一些女性的特质，那么吉娜高挑的身材和骨节有些分明的手则像是她身上残余的男性特征，就像是在同一个空间将各自身上多余的异性特质结合起来一样，两人能够彼此互补达成平衡。看到两人之间如此投契，在一旁暗中观察的毕昂柯有些后悔昨晚在卧室里说了那么多加拉伊·洛佩兹的好话，他留心不让自己的任何思想波动显露出来，决意以后要直面向他发起挑战的这股力量。

坐在卧室门边的藤椅上，毕昂柯看着洒满阳光的小院，照进走廊里的温暖阳光和十月里平和的空气都没能影响到他黑色旋涡一般的思绪。躺在床上的吉娜近在咫尺，这让他感觉有厚重的风从昏暗的卧室里向他阵阵袭来。为了忘掉她，毕昂柯起身向书房走去，他穿过洒满阳光的院子，走上了对面的长廊，顺道拐进客厅拿了一瓶白兰地和一个杯子，然后走进了书房，把酒和杯子放在了书桌上。他坐下来，倒了一点儿酒喝了，然后又倒了一点儿，接着把酒瓶放回书桌上。白兰地柔缓地滑过他的喉咙、食道，辛辣的感觉在胃里蔓延开来，他的后背几乎立即开始淌下汗滴，酒精穿透了他身体里所有的秘密角落，让他的

128

思绪变得更加邈远，如同包裹在温吞的迷雾里，不再有痛感，也不再与他有关，仿佛成了别人的想法。几秒钟后，他的口中、舌尖开始品尝到酒的味道，一种附加的愉悦感不期而至，他几乎都体察不到，也许是因为他原本通过喝酒想要追求的就是给自己的思绪塞上棉花，让它们更加有序、易于掌控，实现这一目标后，他已经获得了极大的满足，暂时无暇顾及其他的愉悦感受了。第二杯酒下肚后，他额头两侧砖红色的蓬乱卷发开始潮湿打结，贴在了太阳穴上。书桌上，他的文件整齐地堆放在两侧，中间空空如也，只摆着一个银质的长墨水台，里面有两个墨水瓶，还有几支笔静静躺在凹槽里。书桌两侧的文件和书本由毕昂柯亲自整理，所遵循的原则很简单，但对毕昂柯来说也很符合逻辑并且有象征意味：书桌右侧放的是商务信件、账本，以及和草场、牲畜、他的其他产业和商业计划相关的文件；书桌的左侧是他准备用来辩驳实证主义者的哲学笔记，一些专著引文的摘录，晚饭后写下来的夜思心得，在平原茅屋里的冥想总结，甚至还有加拉伊·洛佩兹的一些旧信件，里面有他的合伙人对这些问题的见解。毫无疑问，对毕昂柯来说，他左边的身体装着他所有精神上、哲学上的构成要素，右边的身体则是他实用主义的大本营。

毕昂柯给自己倒了第三杯酒，他已经预先知道，如果说第一杯酒让他的思绪放缓、变得遥远而无关痛痒，第二杯酒把他从世界抽离出来，使他置身于一个封闭的系统，让他看到那些已经不会再刺痛他的念头仿佛飘浮在事先被抽成真空的试管中，可以被一一检视、剖析、归类，那么这第三杯酒已经几乎没有必要，唯一的作用就是让他在关注内心世界的同时还能进行一些外部的动作。但还没等他倒完酒、在椅子上坐定，就听到了两下轻轻的敲门声，他抬起头，看向通往走廊的门。

"我可以进来吗？"吉娜的声音在门外响起，毕昂柯还没来得及回答，她就把门推开探进头来。

"当然了。"毕昂柯说。

吉娜走向书桌的时候，毕昂柯发现她光着脚，每走一步，能看到她稍微抬起的脚底满是尘土。

"你在工作吗？"吉娜问。

"不，不是，"毕昂柯说，"我喝了点儿酒，想收拾一下文件。"

吉娜走近书桌另一侧的椅子，坐在了他对面，若有所思地看了他一会儿，然后一脸严肃地对他说：

"你别喝这么多。"说着，她的思绪已经转到了别的事情上。

"我刚倒第三杯，而且只倒了半杯。"毕昂柯说。

"我不知道这么热的天气怎么还能喝得下白兰地。"吉娜说。

"也没那么热。"毕昂柯说。

吉娜没回话，她低下头，想了一会儿，然后又抬起头来，眼睛睁得大大的，坦诚地看向毕昂柯，她的眼神深不可测，像两堵明亮的墙，墙后面有黑暗的物质在秘密滋生，毕昂柯既认不出也猜不出那是什么。

"我晚了三个星期没来例假，"吉娜说，"我想我是怀孕了。"

突然之间，毕昂柯感觉所有的毛孔都一同打开，后背、前胸、手臂汗流如注，就像穿上了一件湿透的衬衫，同时后颈和肩胛骨中间开始感到脉搏在一下下跳动。

"三个星期？"他说，好不容易才稳住了声音。

"对，三个星期。"吉娜说，"我之前没跟你说，因为我想确定以后再说。"

"确定什么？"

"确定例假确实没来。"

毕昂柯点点头，脸色比平时更白了，砖红色的头发现在不仅贴在他的太阳穴上，还紧贴着他的头皮，他伸手拿起酒杯一饮而尽，接着又喝了第二杯，他盯着空荡荡的杯底看了一会儿，然后把杯子放回了书桌上。

"就是因为这样所以我没法集中精神，我们的练习不成功并不是你的问题。"吉娜说。

"完全跟你没关系，"毕昂柯，"别担心了。"

"就是那个早上，你从平原上回来的那次，安东尼奥也在的那天，我很确定。"

毕昂柯假装努力地回想了一下。

"嗯，对，我想我记起来了。"

"我们从来没说过要孩子的事儿，"吉娜说，"我很开心，但是……"

"但是什么？"毕昂柯问，他快速笑了一下，本来就白的嘴唇变得更苍白了，几乎有点泛蓝，笑容在他眼周挤出了细细的皱纹，"这是个好消息。"

"我们从来没提到过孩子，"吉娜说，"我以为你应该是想要几个孩子的。"

"几个？"毕昂柯说，"我们先看看第一个怎么样吧。"

吉娜笑了。

"是啊。"她说。她又一次盯着毕昂柯的眼睛。

"我不想继续打扰你了。"不知为何她降低了音量小声说道。

毕昂柯看着她，也小声说道：

"那是为了告诉我重要的事啊。"

两人彼此对视。十月的周日，房子里的安静不言而喻，两人对视的目光穿过了这无处不在的凝重氛围，看似安静的目光，实则夹杂了各种声音，各种突如其来的念头、过往的经历，还有附着在瞳孔、额头后面的回忆，在各自的黑色舞台上徘徊游荡、荧光闪烁，两人虽然共处一室，却相隔甚远，完全无法抵达对方。"孩子是他的。"毕昂柯想，然后他对自己说，就算直接问她，恐怕她也会以同样难以捉摸的简单直白如实相告，正如她现在眼睛眨也不眨地直视着他一样，但无论如何，不管答案是真是假，是肯定还是否定，对他来说，有一件事依然无法证实，那就是八月末他从茅屋赶回来、看到吉娜在加拉伊·洛佩兹身旁无比满足地吸着烟的那天，那时发生的一系列事情，是否已经穿过了无法触及的感官和回忆通道，已经结成了血肉组织，变成了无法转让、无可奉告的独特经验，比宇宙的边界还要远离他的掌控范围。不管她是否承认，毕昂柯想，背后仍旧是那种致命的力量，仍旧是污秽的物质渣滓，不管他们是否意识到，都已经深陷其中，在里面不停地翻滚挣扎。最后他想，孩子是他的也是件好事，至少这样他们能知道自己受困于何种可憎的物质。

"我们应该去河边散散步，"毕昂柯说，"这对你有好处。"

"我去换衣服。"吉娜说。离开前，她来到毕昂柯身边，轻吻了他的脸。

接下来的几个月，吉娜的肚子越来越大。毕昂柯有些置身事外地对一切冷眼旁观，就像以事不关己的态度观察蝌蚪怎么变成青蛙、植物怎么长大一样，他眼见着吉娜的臂膀、脖子、整个身体随着腹部的不断隆起变得越来越笨重。夏天的几个月里，各种念头蜂拥而至，占据了他的心，如热浪一般挥之不去。这里的确热得过分，热浪裹挟着各类蚊虫的声音，刺耳嘈杂。从沼泽地升腾起来的蚊群像苍蝇一样又大又黑，遮天蔽日般涌来，人和动物都不堪其扰。在这些躁乱烦闷的傍晚，毕昂柯有时会想起加拉伊·洛佩兹对小城酷暑的恐惧。与此同时，毕昂柯在内心深处已经对吉娜下了判决，他时常想象她不光和加拉伊·洛佩兹在一起，而且和周围所有男人都有染，他深信他所厌恶的那种无法言说的物质不光能在她身上找到，而且正是由她分泌出来的，她就像那些能让所停留的树枝沾染上情欲的雌性昆虫一样，会污秽所碰触的一切，在所到之处都开辟出一道欲念的细流。起初，毕昂柯还能让自己的思绪一直延伸到他所认为的妄想的边界，但随着夏日愈加酷烈，妄想的边界在不断后退，他不时对自己说："这已经既不是实际的想法，也不是纯粹的思考了，只能是妄想。"但他不知道的是，他上个月开始称之为"想法"的东西，早在两个月前就已经被他划定为"妄想"。毕昂柯曾无数次对加拉伊·洛佩兹说，智者无所谓严寒酷暑、不在意能否遮风避雨、不关心输赢得失，然而他却惊讶地发现，当看到树叶被二月的阳光炙烤、牲畜在围栏里木然地打转时，他竟也会颤抖不已。这种东西没有名字，永远没必要担心它会发生在我身上，因为它没有名字，而只有名字会让我们害怕，他有时候会这么想，然后往他的白兰地里倒一点儿凉水，好让它在夏夜里喝起来能好受一些。

"你别喝这么多。"吉娜总是温柔地对他说，而他会定定地看着她，似乎有些出神，好一会儿眼睛眨也不眨，然后摇摇头，发出一声干笑：

"这几个月应该是由我来照顾你才对，而不是反过来。"他轻声对她说，"好了，现在你应该在床上躺着。"

于是他挽着她，慢慢带她回到卧室，提前为她打开门，帮她换好衣服躺在床上，等她睡着以后再带着醉意蹑手蹑脚地进来，生怕把她吵醒或让她受惊。

秋天终于来了。三月末，一场完全没有降水的暴风雨让天气稍微凉快了一周，虽然乌云密布、电闪雷鸣、狂风四起、尘土飞扬，但是一滴水都没有降下，一滴都没有。紧接着，两三天以后，黏腻恼人的湿热罔顾自然法则，又卷土重来，空气变得沉闷难耐，连数百万从沼泽地飞来的蚊子都热得失去了方向、在空中来回打转。她已经怀孕八个月了，很快就要生了，毕昂柯想。他反复地想孩子有可能是别人的，已经不知不觉在这条黑色的小路上越走越远、越陷越深，他开始意识到，对他来说，他宁愿孩子是别人的，与其沿着这条黑色的路后退，他必须继续前进，他必须孤注一掷地相信并向自己证明孩子是别人的，是那个人的，是加拉伊·洛佩兹的，孩子比吉娜算的要大一天，而他很确定即便不用严刑拷打，吉娜也会如实招认的。不，他想，应该由加拉伊·洛佩兹来告诉我实情。

"我要给他写信说吉娜已经怀孕八个半月了，快要生了。他只需要算一下时间就能知道。如果那天下午他真的上过她，在她面朝上躺在床中间、屁股下面垫着靠枕的时候上过她，那么他会在城里露面的。"

1854 年左右，在距离小城南部二十多西里、离卡尔卡拉尼亚河不远的地方，有个男人和他的家人住在平原上一座简陋的茅屋里，茅屋坐落在方圆几里唯一的一棵树附近。男人那时有四十多岁，曾经游历过一些地方，到过布宜诺斯艾利斯的城门外，因为两三年前他曾在自由联盟军[1]当过兵，后来又做了逃兵。从部队叛逃以后，他还在平原上游荡了几个月，甚至靠近过印第安人的领地，然后才回到自己的家乡。因为他是逃兵，所以只是偶尔回家，大部分时间他都在外面度过，拿马鞍当作枕头睡在野地里，宰杀别人的牲畜果腹，或者去小酒馆买马黛茶、烟草和糖，

---

[1]　由阿根廷恩特雷里奥斯省（Entre Ríos）省长领导的军队，于 1852 年入侵圣菲省和布宜诺斯艾利斯省。

喝得酩酊大醉再消失不见。他是一个高个子的克里奥尔人，身材健壮、沉默寡言，虽然过着居无定所的生活，却很注意个人形象，甚至可以说是喜欢打扮自己，在他随身携带的物件里总有梳子、镜子和剪刀；一到卡尔卡拉尼亚河边他就去河里洗个头，他对常去的偏僻小路了如指掌，如果有人经过那里，不难看到他骑在安静吃草的马上为自己修剪头发和卷曲的胡须。他事先把帽子挂在马耳朵上，一只手拿着剪刀小心翼翼、不厌其烦地精心修剪，另一只手举着镜子仔细查看每次修剪的结果。虽然有传言说他杀过几个人，而且他在酒馆不怎么说话，但他却很受欢迎，因为几杯杜松子酒下肚，他就会唱起歌来，还会恰到好处地弹起吉他为自己伴奏。他的琴技不算太差，每次弹唱完，他会一言不发地看向观众，然后羞涩又满意地笑笑，依旧一言不发，接着把琴还给酒馆老板，在角落里坐下，一直喝到身体僵直、脸色发灰，这时他会收拾好酒馆老板给他装在一个小包里的马黛茶、烟草和糖 —— 他称之为自己的嗜好 —— 然后僵硬地站起身来，走到院子里，经过几次失败却从容的尝试，终于坐上马背，随后消失在平原上。

男人有五个孩子：大儿子十七岁，中间两个女儿分别是十五和十六岁，小女儿九岁，最小的儿子是个小塔佩人[1]，他坚持给他起名叫瓦尔德，因为在部队里领导过他的一位上校就叫这个名字，虽然那位上校不止一次对他用过夹刑、送他进过牢房，男人还是十分怀念他。塔佩人瓦尔德还不到一岁，是个黑乎乎、胖嘟嘟的小人儿，他每天跟狗混在一起，和它们一样用四条腿走路；他成天吸溜着鼻涕，长大以后也保留了这个习惯，嘴巴向上一挤，口水在牙齿间发出啧啧的声音，就像真在吸鼻涕似的。这群穿着破烂、皮肤黝黑的孩子的母亲还不到三十五岁，脸上有着明显的印第安人特征，男人醉酒的晚上会来找她，不断让她怀孕。也许是因为她在风吹日晒下布满皱纹的皮肤，还有她嘴里仅剩的几颗又黄又黑的蛀牙，她看上去像是已经六十岁了。他们所有人都阴沉寡言，以强烈的、无差别的恨意一起恨着男人，每当看到他衣着光鲜地骑着马缓缓出现在平原上、又一次随心所欲地在傍晚时分突然造访，所有人都会气愤却又徒劳地暗自嘟囔着相同的咒骂。

他们这样做是有原因的。自从做了逃兵、在印第安人模糊的土地边界游荡过之后，这个在外人面前还比较像模

---

1 塔佩（tape）指生活在阿根廷的土著人，具有印第安人矮小、粗壮的外形特点。

像样甚至彬彬有礼、却一向对家里人冷漠粗暴的男人就开始在喝醉的时候强暴他两个稍大一些的女儿。虽然她们默默忍受了这一暴行——尤其是一开始，因为事情过于始料未及而错愕万分——但她们没有一刻不希望这个总在深夜把她们带到野地里随意玷污的暴君赶紧死掉。在茅屋里所有人都挤在一起睡觉，所以虽然男人总是尽量小心行事，但每当他在黑暗中摇醒其中一个女儿，要把她带到屋外的野地里去的时候，家里其他人——除了在小女儿身边呼呼大睡的瓦尔德——都一边装睡一边关注着他在夜里进行的勾当。很难知道他是如何决定付诸行动的，如何能下定决心把他本性里最低劣、最无法压抑的黑暗挣扎所意外点燃的欲望付诸实践、让其切实发生，成为他和别人感知中半透明的时间线上无法抹去的死结、记忆里永远存在的污点。也许他自己都没发现，他在远方的游历向他显明了，依附在方圆几里唯一能看到的大树下，他们一家人污糟破败的生存空间是多么可笑、多么有限，他们的存在不过是偶然，他们不过是空洞的天空下、空荡荡的平原上一堆毫无生气、苦苦爬行的黑虫子，他本身作为逃兵的生活是如此荒谬，他不过是一无所有、无人理解的动物。不断袭来的怪异感让所有惯例规则都变得荒诞，让苟活在无情烈日下的一切都变成了烂泥、无差别地转瞬即逝。所以事实就是，在每个醉酒的夜晚，如果他没有睡在平原上某个遥远的地方，就会骑马来到茅屋，任由自己被欲望支配，直到天蒙蒙亮的时候才再一次骑上马，消失在地平线上。

大儿子在大河南岸的牧场上做小工，有时候需要和牧人一起转移牲畜，几个星期都见不着人，但每次回家的时候他总会带回点儿钱，还会给妈妈和妹妹们带点儿礼物。他会在家里待上几天，想着怎么才能带家人离开这间破败到难以形容的茅屋，带他们远离这里弯曲的立柱、挂着腐败稻草的横梁、满地都是马粪狗屎的院子，还有这里各种难以置信的破东西——这些没用的物件都是一家人像在巢穴周围堆积东西的兔鼠那样一点点收集起来的。他想带家人们离开平原上这块不毛之地，这块在他们绕着茅屋来来去去的脚步下越来越贫瘠的土地看起来是如此绝望、忧伤，让人觉得这里将永远寸草不生。有一次他回家后，两个大妹妹把他拉到一旁，在母亲听不到他们说话的地方偷偷告诉他，那个男人有天晚上又回来了，这次他没有像往常一样糟蹋她俩，而是开始把小妹妹往野地里带了。大儿子什么都没说，但他微微闭上了眼睛，深吸了一口烟，然后慢慢点了点头，就好像她们讲的事情让他可以确信自己很久以前就做出的决定是正确的。离他们不远的地方，塔佩人瓦尔德在狗群中间慢慢爬行，而妹妹像一只瘦弱的小鸟，正绕着圈儿跑来跑去逗他玩儿。

两三天后，男人在茅屋现身，一如往常是傍晚时分来的。大儿子和两个女儿迅速交换了一下眼神——昏暗的烛光下，这一动作不易察觉——然后就去睡觉了。像是预感到了什么，或是心有悔意，又或许是心生犹豫——因为小女儿单薄、看不出性别的身体更像是青蛙而不是什么值得向往的东西——男人整晚都躺在地上，躺在看起来睡着了的妻子身边，他对自己说天一亮他就离开，以后再也不踏进茅屋了，他以为所有人都在睡觉，只有他守着自己混乱的欲望和恐惧难以入睡，时不时在半梦半醒间惊跳、颤抖。然而，当黎明来临、他起身准备离开时，当他走入平原上泛红的空气中时，有什么东西让已经骑在马上的他像机器般从外面折返回来，朝茅屋里小女儿睡觉的昏暗角落走去，就好像当他走上平原、看到将东方天际染红的晨光照亮了树和茅屋的轮廓时，就对自己说：还是算了吧，再看一次那刺眼的太阳升到空洞的天空，准备重新开始它冷漠单调的路径、固执重复的曲线，还是走老路的好，放任自己进入无知无觉的状态，再一次融进茅屋里正在等待他的无名夜晚。他试着不发出声音，轻轻地甚至有点儿温柔地摇醒了小女儿，以为这样就不会吵醒其他人。清晨第一缕阳光已经透过茅屋墙上数不清的缝隙照了进来，当小女儿睡眼惺忪地看到他在身旁，什么也没说就起来准备跟他走，因为对她来说，这不过就是爸爸而已。走之前，她习惯性地摇了摇瓦尔德，几乎每个早晨她都会像这样在天亮时把弟弟叫醒。但是男人摇头示意她别叫了，于是女孩跟着他走出了透进少许晨光的昏暗茅屋，却没发现瓦尔德正用手背擦着眼睛走在他们后面。三人走进了像是夹杂着血丝的红色晨光里，朝那棵树走去，男人走在前面，女孩在后面紧跟着，几乎要碰到他，她走路的样子和节奏很像她父亲，这让两个人看来就像寻常父女一样，女孩像是在故意模仿父亲。小瓦尔德落后他们几米远，粗胖的小腿走得跌跌撞撞；突然，清晨凉爽的空气让他清醒了过来，他明白自己还是四条腿走路更快，于是他伏在地上，开始爬起来。

他们慢慢走近那棵树，彼此间总是保持着相同的距离，这时，首先是大儿子，几秒钟后是两个女儿出现在了茅屋门口。大儿子手里拿着一把铁锹，铁锹头被清晨初升的太阳照得闪闪发亮，两个女孩手上各拿一根木棍，尽管不粗却沉甸甸的，足够结实，可能是牧豆树的树枝。兄妹三人开始步伐坚定又迅速地朝着前面三个人走去，一下就缩短了和他们的距离。终于，母亲也从门洞走了出来，她靠在简陋的门框上，手里抓着权当是门的破麻袋，麻袋被掀了起来，所以能看到在她身后，屋子里依然一片昏暗，她张开嘴，露出一个黑洞，就像她背后昏暗房间的缩影一样。她好像在年少时被当头捶打过似的，身影宽阔又有些扁平，被泛红的晨光染上了颜色，在茅屋的黑洞前清晰可见。她站在那里毫不关心、近乎冷漠地看着眼前的场景，只见第一组人已经来到了树旁，拿着铁锹和木棍的第二组人也赶上了他们。

男人刚要转身抓住女儿的胳膊把她拉向自己的一瞬间——他甚至都没发现连瓦尔德都爬着跟在他身后——儿子走到父亲身边对他喊道："别碰妹妹！你休想再碰她！"一看到儿子，父亲本能地把手伸向裤腰想拿刀出来，但是儿子已经举着铁锹向他扑过来，男人知道来不及拿刀，或者也是因为不想对自己的儿子动刀，于是他向后退去。他们离树很近，大树枝繁叶茂，有一个巨大的树干，上面长满了突起的树疖，如果有天大树被挖空了——这样的事早晚会发生——就像平原上很多穷人那样，他们一家人也都能住在里面。树干向四周延伸，像是在树根周围铺了一层凹凸不平的硬毯子，庞大的根系像僵硬的触角一样破土而出，男人在后退的时候被其中一个触角绊了个趔趄，两手在空中徒劳地抓来抓去，最终还是失去了平衡，仰面摔倒在地上。"我跟你说了别碰妹妹，休想再碰她！"儿子吼叫着跳到他身上，用铁锹一下又一下猛击他的头，狂怒让他的动作又狠又快，以至于有一次举起铁锹的时候不小心蹭到了妹妹的肩膀，让她跌跌撞撞地倒在了弯曲的树根上。男人乱蹬着哭叫，嘴里说着"不，我的儿子，不，不要，我的儿子"，这话不是对任何特定的人说的，甚至不是对他儿子说的，而只是一种带着乞求的哀叹——不是对他的儿子或整个世界，而像是对他自己说的，因为他语调里似乎有种绝望的责备——证据就是：当儿子的铁锹在空中停留片刻，两个女儿趁机靠近、用木棍朝躺在地上的男人头部挥去的时候，男人依旧重复着一样的话："不，我的儿子，不，不要，我的儿子。"他的声音越来越小，脑袋和脸都被砸烂了，汩汩流出的血让他窒息，终于他不再动弹了。

起初大儿子靠近男人，把铁锹举在空中准备打他的时候，瓦尔德待在那里一动不动，但当男人开始后退、被树根绊倒在地的时候，瓦尔德尖叫一声，开始大哭起来，他爬来爬去，紧张地吸溜着鼻涕，与此同时，他的哥哥姐姐正在击打男人的头，每敲一下，躺在树根上的男人都扭动身体发出呻吟。坐在地上的妹妹睁大眼睛看着这一切，感受到的惊讶和好奇大于恐惧。而在大树下制造混乱的这群孩子的母亲，在男人醉酒的夜晚不停受孕的女人，从远处看到男人一动不动了，就轻蔑地把麻袋门帘放下，什么也没做，一句话也没说，转身消失在了昏暗的茅屋里。

　　男人的三个孩子停下来不再打他，至少有半分钟他们都保持安静，因此整个平原上只能听见瓦尔德的哭声，他坐在干草堆和狗屎马粪中间，边哭边机械地用他胖嘟嘟的小手抓起地上的土扔到空中，一次又一次紧张地重复着相同的动作，就像在试图用飞扬的尘土驱散自己的恐惧。尘土中最轻的颗粒飘浮在空气中，被紧贴着地平线的半轮红日水平射出的光线穿透，获得了一丝厚重的实体感。大儿子和两个女儿手里仍拿着铁锹和木棍，看上去不知所措，有些失神，也许在这一刻他们才意识到自己刚刚做了什么，他们没听到瓦尔德哭，也没注意到正在睁大眼睛看着他们的妹妹。但是，当看上去已经死了的男人那靠在树根上已经被打烂的脑袋又稍微动了一下的时候，三个人同时扑向他，又开始愤怒地击打他，直到确信他永远动不了了为止。随后，大儿子放下了铁锹，他听到瓦尔德在哭，就弯腰想要把他抱起来，但是看到哥哥伸出的手臂，瓦尔德哭得更大声了，他侧身躺在地上，换成了爬的姿势，全速远离哥哥。当哥哥停下脚步的时候，瓦尔德也停下来，他一直吸着鼻涕大哭，每当哥哥想要靠近他，就哭叫得更加厉害，同时快速爬走。终于，哥哥看他可怜，就不再管他了，转而走向妹妹，把她抱在怀里。越过哥哥的肩膀，她不住地看向树根上父亲已经被敲碎的脑袋。

他们任他躺在地上，去茅屋的另一侧喝马黛茶，这样吃早饭的时候就不用一直看到他。然后他们讨论怎么处理尸体，两个女儿想要把他扔进河里，儿子则倾向于把他埋在平原上。母亲什么都没说，只是拿着马黛茶走来走去，有时双手握住茶壶抵在肚子上听他们谈话，她脸上一直带着一丝嘲讽的笑，因为缺牙，她的嘴皱巴巴的，所以眼里的笑意比嘴角的更明显。终于，儿子明白了母亲脸上一直不散的笑容指的是：他们爱怎么说就怎么说，反正我看到他们是怎样把他杀了的。于是他失去了耐心，一把抓起铁锹，用一根粗绳从男人腋下穿过将尸体捆住，然后骑上马，拖着尸体来到了离茅屋一西里多远的茅草地，将尸体埋在了平原上。高高的茅草能遮盖被翻过的土地，等雨水一来一切都将了无踪迹。他花两个小时挖了个深坑，把尸体放进去之前将上面的刀和腰带取了下来，腰带里还有几枚男人之前藏的比索。之后他在胸口画了十字，开始往坑里填土。把坑填满后，他花了好长时间平整土地，再盖上茅草加以掩饰。他没在上面放十字架或其他任何东西，拿起铁锹就骑马疾驰而去了。于是，男人就这样被留在了茅草丛里，留在了既盲又哑的土地里，他在平原上留下的最后一点痕迹也将在风雨中被慢慢抹去。

回到茅屋的时候，他看到女人们在门口围成一圈，正低头查看地上的什么东西。从马上下来后，他看到瓦尔德躺在地上，微微蜷缩着身体，脸埋在手臂里。他走近瓦尔德，发现他去埋葬尸体那会儿还能在茅屋附近听到的哭喊声此时已经变成了时断时续的动物呻吟声，类似垂死的小狗或者迷途的雏鸽发出的声音。傍晚时分，瓦尔德终于安静下来了，但是夜里还是能听到他睡梦中的叫喊声。接下来的日子里，白天或晚上的任何时刻，他虚弱的叫声都有可能突然重启，就像间或出现的讯号一样，专属于它的诞生之地；同样，陌生野兽的叫声和头顶闪烁的寒冷星光，都是这一小块被这群黑皮肤的弃儿来来去去的脚步踩秃了的贫瘠土地的独特标记。几个月后，就像接受了略显突兀的大树、空无一物的地平线一样，他们也接受了瓦尔德的叫声。

来年，母亲去世了，埋葬了她之后孩子们就分散开了。大儿子去恩特雷里奥斯参军入了伍，两个女儿跟着他，混在一群外形粗犷、讲话粗鄙的女人中间。她们跟在部队后面，从所有和她们在牛车底下或者茅草地里睡过的男人中间选择一个做伴，直到有天他被印第安人割喉，或是因为做了逃兵而被自己在夜里站岗时给他添过马黛茶的军官下令枪决。穿过帕拉纳河北上之前，他们把小妹妹和瓦尔德留在了科龙达[1]，那里有几座房子、一间小教堂，还有六七个别致的花园，承受着旱季烈日的炙烤和雨季洪水的洗礼。神父发现他们睡在教堂门口，就收留了他们几个月，随后把他们安置在一户阿斯图里亚斯人家里，妹妹在这家人去地里干活的时候为他们打扫屋子、照看小孩，以此换得住处和食物。瓦尔德已经不叫了，白天晚上都不叫了，但他同样一句话也不说。有时他会陷入恐慌，颤抖不止，紧张得夹起胳膊、双手交叉在胸前跳来跳去，嘴上的抽动也加快了，这是从他还只会爬的时候保留下来的习惯：嘴巴向上一挤使劲把鼻涕吸回去，同时口水在齿间发出喷喷声。还有些时候，他会不住地点头，好像在永不停歇地表示认同，也许是认同不可参透的万物法则，也许他在毁灭性的电光石火之间得以窥见其中某个可憎的陈年残迹。但他依旧一言不发。当他需要什么东西的时候，比方说糖果——他疯狂喜爱甜食——就会跳来跳去，或者加速点头，起初还想教他说话的妹妹就会立即明白他兴奋的原因，马上满足他的心愿。

很难理解消息是怎么在平原上传开的。方圆数里只有

---

1 阿根廷圣菲省的一个城镇。

寥寥几座房子散落其间，彼此相隔甚远，它们隐藏在甚至可以说是被遗忘在低地上，只有印第安人和牲畜能接受这样的住处，这里距离最近的村落都需要差不多骑一天马才能到；然而，在科龙达和周围所有的村子里，人们都在背地里用同情而非责备的口气把妹妹叫作"失贞女"。在她十三四岁的时候才发现人们这样叫她，她甚至都不明白这个词的含义，但是因为这个外号似乎让神父很头疼，所以她也开始这么称呼自己，有一点点卖弄的意思，但主要是在她需要什么东西的时候，这样可以获取同情，让她更容易得到自己想要的。终于，阿斯图里亚斯人厌倦了在这块土地上忍饥挨饿、厌倦了对政府承诺之地的无尽等待、厌倦了目睹印第安人和政府军将所到之处都夷为平地的同样野蛮的行径，决定去罗萨里奥[1]碰碰运气。于是，瓦尔德和"失贞女"在村子外围的一间茅屋里住了下来，"失贞女"在屋子里挂满、摆满了各种圣徒画像和塑像，都是她去教堂打扫卫生的时候神父送给她的。

他们就这样生存了下来。打扫卫生和照料小孩挣的钱，"失贞女"用来给瓦尔德买糖果、给神父送的圣像买蜡烛，家里不管什么时候总点着几根蜡烛，蜡烛被她用融

---

1 阿根廷圣菲省的重要工业城市。

化的蜡固定在圆形的木头烛台上，烛台则漂在盛着水的脸盆里以免着火。瓦尔德又矮又胖，长着一张蛤蟆似的大嘴，永远没法完全闭上，总是露着两排洁白无瑕的牙（他那么能吃糖，牙齿却白得不可思议）。瓦尔德到哪儿都跟着姐姐，迈着他的小碎步，有时还得小跑起来。一直到九岁他都什么话也不说，直到有一天，奇迹发生了。

"失贞女"曾经像青蛙一样的小小身体长大了，十七岁的她饱满了很多，像她父亲一样高，一双杏眼大大的，棕色的皮肤平滑光亮。像她父亲一样，她也有每天梳洗的习惯。她喜欢穿一身白色，巨细无遗地打理着弟弟的卫生，甚至到了有点洁癖的程度。她长了一对漂亮的乳房，像两只梨子，分别朝向两边，乳头尖尖的。村里的小伙子总是偷看她，他们知道神父在保护她，而且知道虽然她曾被强暴过，或者正是由于她被强暴过，她对他们迫切想要做的事情完全不感兴趣。所以他们没有过分坚持，甚至都不敢暗示什么，也许当看到她唯一热衷的就是为圣徒准备蜡烛、为瓦尔德准备糖果时，他们的欲望就已经冷却了。只有一个人曾经试图更进一步，是一个叫科斯塔的人，他不算年轻，是村里的警长，习惯去村外的茅屋那里向年轻姑娘提议用礼物换她们陪自己一会儿，姑娘们出于自愿或是被迫，经常答应他的要求。他开始围着"失贞女"转，但她似乎不光没理解，甚至连听都没听他的暗示，也许在八九年前，在荒原的一棵树下曾经有过的两三次眩晕的交配已经让她尝尽了科斯塔向她所提之事，所以她确实没听也没理解他的暗示，她将那份记忆深埋在无法触及的心底，覆盖在一层又一层仁慈的遗忘之下，连那些暗示的话都无法将它唤醒，无法让她记起。然而，科斯塔不愿认输，一天夜里他来到茅屋，同样带着醉意，跟"失贞女"和瓦尔德早就认识的那个人一样，那个很久以前就回归到赤裸无名的土地里的人。土地像喂养蠕虫一样喂养他，然后用虚假的承诺驱使他回到地面度过一段梦游时光，最终再次将他吞噬。科斯塔强迫"失贞女"就范，在一旁吃着棒棒糖看他们的瓦尔德突然开始抖动缩在胸前的手，同时开始语速越来越快地小声说着什么，如果不是因为咽巴口水的癖好影响了发音，他会说得非常清楚："滥用职权的科斯塔本月的门槛实难跨，滥用职权的科斯塔本月的门槛实难跨。"科斯塔原本指望哑巴瓦尔德不会把他想干的事说出去，所以完全没把他放在心上，甚至想当着他的面行事。然而瓦尔德说得越来越快，声音也越来越大，科斯塔只得放开"失贞女"，朝门口退去。瓦尔德突然说话把他吓得够呛，所以他都没听懂那句话的意思，这样更好，因为如果他听懂了会更害怕。两个星期后，醉酒的科斯塔从马上掉下来，摔死了。

　　瓦尔德不仅是开口说话了，而且是出口成诗，他只说八个音节的诗句，构成结尾押韵的双行诗。他会一边轻轻点头一边重复着自己的诗句，同时用口水在齿间发出啧啧的声音。但他总是惜字如金，只有在"失贞女"的要求下才偶尔说上几句，有时甚至只是为了一块糖果或者其他什么零食他就会同意说点什么。神父摇着头，为瓦尔德突然开口感到不快，这让他想要从此摆脱这两个负担的想法变得更加难以实现。他们突然从平原上冒了出来，而他出于同情，在一个清晨从教堂的砖头大门前把他们捡了回来。尤其让神父生气的是，就像"失贞女"的父亲对她所做的事不胫而走一样，人们也很快就知道瓦尔德出口成诗，还预言了科斯塔的死。起初，他们看待他的眼神里好奇大过尊敬，还不太相信这个矮胖的九岁小塔佩人有能力预言事情的发生，但往往是怀疑比信心更能够打造声誉，只需要让怀疑在真实里看到一点阴影，或是一丝反驳的幻影，怀疑就能在一夕之间变成信心。两个月后的一个早上，瓦尔德和"失贞女"穿过村子向教堂走去，姐姐走在前面，穿着浆好的白裙子，弟弟跟在后面跳着走，不停地点头，一如往常发出表示认同的信号，突然他停下来，几乎没有张嘴，在齿间混合着口水的声音开始重复下面的话："请参阅空中一只鸟从天际飞过在燃烧，请参阅空中一只鸟从天际飞过在燃烧。"他声音越来越大，语速越来越快，"失贞女"抓起他的手就跑，她跑得太快，瓦尔德迈着不灵活的小步子几乎跟不上她，她带着他跑到教堂，把刚才发生的事情告诉了神父。当天晚上，一些游荡的印第安人攻击了村子，但瓦尔德的双行诗让村民们提前有所警觉，虽然没人知道他的话是什么意思，但印第安人的攻击并没有让他们措手不及。第二天早上，那十来个穿得破破烂烂、想要抢几匹马和几个白人妇女来给他们单调的平原游牧生活增加点乐趣的印第安人已经满身是弹孔地躺在了村子外面的水坑里。

村里人开始求他说预言，期待他能用八个音节的双行诗把他们或其他任何人都没法预知的未来总结出来，事实上，很多时候瓦尔德的诗和它所试图揭示的未来一样让人琢磨不透，但听到的人却觉得他的预言是时间从未来发出的炮弹，像绑在石头上破窗而入的信息一样，穿过现实半透明的墙向他们投掷而来。一开始，当人们来拜访他、向他求问的时候，瓦尔德继续一言不发、神游天外，用不住的点头来自我保护，但是当大家给他带来甜食、糖果和很容易就能换成棒棒糖或巧克力的钞票时，他加速了点头的动作，嘴里吸口水的声音更大了，终于开口说出字斟句酌、完美押韵的诗句，再用越来越狂热的语气重复上几次。他宽阔黝黑、像蛤蟆一样扁平的脸变得有些发白，因为不得不张嘴，他像马一样的大白牙也露了出来。突然他安静了，但是嘴巴仍旧继续动了好一会儿；他的嘴总是没法完全闭上，就好像他脸上的骨头比覆盖在上面的皮肤要宽不少似的。一年后，有个老妇人声称看到他飘浮在离地面半米高的空中，这之后每当看到他走过，村民们都会画十字，而他却对自己受到的尊崇毫不在意，依旧沉浸在自己的世界里，一跳一跳地跟在"失贞女"后面，不住地点头。有一天，几个士兵从里奥夸尔托[1]过来找他，想让他去为一个军团祈福，于是，人们看到他和"失贞女"在士兵护卫下骑着马慢慢穿过草原，身旁还有一个骑兵为他们打伞遮阳。

从此他们的身影经常出现在这片荒原上，出现在云层翻涌的穹顶下或一望无际的晴空下，水边的粉色火烈鸟、凤头麦鸡和其他不知名的小鸟看到他们经过时都已经习以为常、完全不会受惊了。穿过高大的龙舌兰时，骑着小矮马的瓦尔德会因为被叶片蹭到了脸而不高兴地流着鼻涕。他们俩是如此渺小，在平原上几乎可以忽略不计，姐姐穿

---

1 阿根廷中部科尔多瓦省的城市，位于潘帕斯草原西侧的夸尔托河畔。

着一身白色，弟弟则像轻歌剧里盛装打扮的小高乔人，衣着宽大又板正，总是没法把牙齿完全遮住的嘴唇一直在动。他头戴帽檐微微上扬的圆形窄檐帽，身穿黑色刺绣马甲，脚蹬黑色灯笼裤，宽阔的裤腿垂下来几乎完全盖住了他锃亮的皮靴。到处都有人来请他们，他们穿过了平原的各个方向，去过比布宜诺斯艾利斯还远的地方，甚至到过科尔多瓦近郊的村落。一片片残破简陋的房屋正在世界上最古老陆地的低矮表面上慢慢建起来，这块土地覆盖着大陆的沉积物和已经消失的物种经过岁月和狂风暴雨的洗礼化成的粉末。殖民者都小心避开这块荒凉得近乎不真实的地方，然而却有人执意一次次穿过这里，先是印第安人和随之而来的马群和牛群，然后是投机者、士兵和地主，最后是坐着拥挤不堪的小船从世界各地涌来的一文不名的人。他们风尘仆仆、心怀幻想而来，在这里留下短暂的足迹，几乎转瞬间就在风雨里消逝。他们的坚持近乎可笑，他们不知道自己正在挑战一股碾压一切的力量，就是这股力量让平原变得如此贫瘠，也将让其他大陆面临同样的命运，看似壮观的高峰和终年的积雪、看似不断进化的贪婪物种都将被碾作尘土、化为粉末。他们执着的脚步穿过荒凉的原野，几年后已经顽强地在这块土地上镌刻下自己的印记，即便是那个年代已经开始反叛白人、成日和白人搏杀得你死我活的印第安人，也在远处不无担心甚至有些同情地看着这些人，让他们继续自己的路。

姐弟俩回到科龙达后的一天，他们的一个姐姐——也是家里其他成员中唯一还活着的人——出现在了村子里。她在布宜诺斯艾利斯的一家妓院里工作过一阵，直到遇上了一个退伍的中士并嫁给了他。中士在巴拉圭失去了一只胳膊，所以从部队上退了下来。他上过一点学，从部队领到了一笔安家费，再加上妻子在妓院也攒了些积蓄，所以他打算开家店做点儿买卖。当他知道瓦尔德有说预言的天赋时，就觉得这是命运的安排，让他能够证明自己组织筹划、做一番事业的能力。没过多久，瓦尔德和"失贞女"就都喜欢上了他，因为他每次回到村里都会带上些糖果和用来装饰祭坛的花环。这些祭坛是"失贞女"在茅屋里用神像、圣人塑像、绣花桌布、烛台、念珠和她自己做的纸花布置的。姐弟俩出门去别的村子的时候，他亲自骑行在他们身边为他们打伞。有时候他会走在他们前面，在这些村子里为他们做宣传，让人们更加满怀期待。他会带着小礼物和一点银子去见当地的神父、治安官和警长，向其保证他们会遵纪守法、遵守教会的规定，并声称瓦尔德亲眼看见过好几次小耶稣。他把瓦尔德说过的预言和行过的三四个神迹印在一张纸上，让人们传阅——虽然这样做毫无意义，因为大部分人都不识字。人们来见瓦尔德的时候，中士让他们排成一队，他站在瓦尔德身边，在人们开始求问前走他们的钞票或者他们带来的礼物，然后让他们依次上前。人们来到瓦尔德身边，聆听他一边瞄着姐夫堆放在小桌上的糖果盒一边喃喃吐出的双行诗，听完立即被"失贞女"和她姐姐带出房间。

　　一天晚上，当瓦尔德在自己的小床上直挺挺地打瞌睡时，中士用他仅剩的那只手里夹着的烟头——已经熄灭的烟头湿漉漉的，带着齿痕——把帽子向后一推宣布：平原上很好，但它能给的已经都给了，现在该去城市里干活了。

"连早上也不让我们清静。"吉娜边说边用手在面前扇来扇去，想要驱赶周围成群飞舞的蚊子。穿着亮紫色外套和淡绿色格子裤的毕昂柯刚走到书房门口，准备出门，他在走廊边停下来仔细查看吉娜：她已经怀孕八个半月了，至少增重了十五公斤，此刻她坐在对面走廊的藤椅上，享受着流动的新鲜空气，但同时也笼罩在四月份强烈得有点反常的毒辣阳光下。她看起来像金字塔一样敦实稳固，身体下半部分嵌进了椅子里，上半部分越往上越窄小，头顶是由闪闪发亮的头发精心梳成的圆形发髻。她穿着肥大的橘黄色衣裙，虽然剪裁已经很宽松了，衣服还是在三个地方被挤得很饱满，两处在胸前，还有更突出更圆润的一处，是她的肚子；无袖的衣服露出马黛茶色圆滚滚的臂膀，在腋下一点的地方、肩膀和胳膊肘之间能看到一些褶皱；脸颊的肉不间断地延续到了下巴，模糊了下颌线；笔直的领口开得很大，以便能稍稍缓解她持续的闷热不适，从领口能看到马黛茶色的胸部，丰满的两团肉在阳光下十分耀眼，过紧的胸衣让它们挤在一起，微微露出，勾勒成一对反过来的括号，括号的两条曲线在顶点紧挨着，在衣服下面继续延伸。

"你别在外面待着了。"毕昂柯说。

"蚊子到处都是。"吉娜叹气道，说着用手不太情愿地随意扇着，看起来很确定不管自己多努力，还是没法抵御热浪和蚊子的攻击。

"能回来吃午饭吗？"她沉默了几秒后问道。

"应该能。"毕昂柯说着开始穿过院子朝她走来。他继续说道："这是一次严格意义上的专业会面，我想近距离看看那个人是不是名副其实。"

他走到藤椅旁，弯腰亲了亲她的脸，正要直起身子的时候，吉娜抓住了他亮色外套的领口，闻了两三次才放开他。

"才十一点就喝白兰地了？"她责备地问道。

"昨晚没睡好，"毕昂柯说，"喝点儿强心剂，接下来的一整天都有好状态。"

吉娜笑了。过去的几个月她的身形在慢慢改变，连性格都有了变化，变得更抽象、更遥远、更平静，不变的只有她不可捉摸的坦诚眼神，毕昂柯总是无法参透其中的真意，随着时间的流逝，经常会有抑制不住的黑暗想法向他袭来，这更让他感觉自己无力承受她的目光。

"都是借口。"吉娜说。说完，她上下打量了他一下，说："穿得真讲究。"

毕昂柯努力挤出一个微笑。一方面，吉娜似乎用熟悉的嘲讽方式故作轻松地反驳了他对白兰地的解释，这让他有些不快，觉得自己不被尊重；另一方面，吉娜特意提到他的衣服，用不言而喻的方式暗示他有可能并不是要参加工作会面，而是要去别的地方，比如跟人幽会，这暴露出吉娜身体里无处不在的情欲，也许连她自己都没有意识到，正因如此毕昂柯就更加觉得难以忍受。毕昂柯没有回答她的话，只是略表谦虚地耸了耸肩，脸上依然挂着勉强的微笑。

他出门走到街上，他的马已经鞴好了鞍，拴在人行道旁边支起的柱子上，漠不关心地静静等待。他一跃而上，僵直地骑在马上，心不在焉地跑起来。秋意刚刚显露又转瞬即逝，突如其来的炎热让空气中弥漫着一丝不确定的气息，树上的叶子被几波热浪渐渐烤干，又随着秋天的到来开始泛黄，七零八落的叶子已经褪色，顶端或红或黄的叶子将清晨的阳光出卖，泄露了它的自相矛盾：虽炽烈依旧，但已不复夏日时厚重。白兰地在毕昂柯的脑袋里炽热起来，他从马背上可以看到远方的地平线，以及向地平线延伸的树木、荒地、菜园、零星的房子、横七竖八的土路，还有杂草丛生的水沟和几乎被草丛覆盖的小径，随着距离视线越来越远，它们逐渐陷入了越来越浓厚黏腻的热雾里，半透明的雾气虽然没能把它们完全遮盖，却让它们的轮廓变得模糊、形体变得像棉花一样柔软随意，赋予了它们一种不真实感。当地的名门望族生活在南部，新近有钱的人生活在北部，其他人只能凭运气在其余的空间分得一席之地，甚至最南边和最北边都有人居住，在那里有一条界线将富人和他们不屑于踏足的地方分隔开来，任何人只要有足够的钱从他们手里买下或租下一部分土地，都可以在那里定居，因为富人们虽然认为那些地方不适合居住，却不妨碍他们依旧是那里的主人。因此，毕昂柯必须穿过几乎整个城市才能到达目的地，有时还得沿河边绕行。骑行了很长一段时间后，房屋开始变得多了起来，水沟中间的街道也越来越清晰，终于，马蹄开始踏上了石砌路面，这是毕昂柯需要经过的城市中心。在这里，不止一次能看到有着厚重墙体和瓦片屋顶的殖民主义风格的老房子紧挨着更为现代的房子，其中甚至有楼房，还有很多没有粉刷过外墙的砖房，房前有不规则的砖头小路，路边、房子的后院和广场上长着苦橘树、橡胶树、鹤望兰、美丽异木棉和蓝花楹。在早上的这段时间，小贩在街边叫卖东西，找不到工作的人在小路的树下抽烟聊天，用手无奈地驱赶着从水沟飞上来的蚊群。毕昂柯穿过了市中心，继续骑马奔驰在土路上，终于他在一座很大的白色茅屋前停下来。他没有下马，留心观察门口的动静。只见中士站在那里，他衬衫右边的空袖管折起来用别针固定在肩膀上，手指夹着熄灭的烟，正挥舞着唯一的手臂对站在前院的二十多个人说话。人们试图靠近大门，徒劳地透过半开的窗扇和挂着印花窗帘的窗框往屋子里面窥看。

"我已经说过了今天他没法接待大家，得等到后天才可以。"中士用亲切又不容置疑的语气对那些坚持想要进去的人们说道。他们中有些人看起来生病了，由家人搀扶着过来，有些人胳膊里夹着一只母鸡或者一小包东西，还有人向中士展示手里的两三张钞票，试图让他改变主意，中士表情愉悦地拒绝了他们，郑重地表示不是钱的问题，而是确实有实际的困难，如果可以的话，他愿意马上就把困难解决，为这群围堵自己的人谋福利。中士抬头看到了在马背上注视着自己的毕昂柯，于是向他打了个手势，满脸堆笑表示欢迎。毕昂柯正准备下马，中士摇了摇头，摆手示意毕昂柯绕到屋子的侧面，从那里进入后院。他转动肩膀的时候，用别针固定在右肩的空袖管也随之晃动。毕昂柯边走边仔细察看这座屋子，它用压得平平整整的土坯建成，墙体厚实，屋顶铺着修剪整齐的茅草，方正规则的大门嵌在真正的木制门框里，整个屋子最近刚用石灰粉刷过，在晨光里熠熠生辉。毕昂柯想："这里称得上是茅屋里的凡尔赛宫了。"在院子尽头有精心打理过的菜园子和花园，再后面是一辆车辕撑在地上的马车，还有三四匹马和一个鸡窝。院子里树木成荫，但阳光可以透过叶片间的缝隙倾洒下来，突然来袭的秋日已经让树叶染上了红色、黄色和棕色，接下来的几天还会让叶子的间隙越来越大。毕昂柯从马上下来，把缰绳拴在木桩上，中士也紧随他的脚步进了后院。

"很高兴见到您。"中士说。由于中士向他伸出的是左手，毕昂柯犹豫了一下，不知道自己该伸哪只手，最终他伸出右手，有些笨拙地握了握中士的手，两人不得不采用别扭的姿势，这让他们的身体看起来显得过于亲密了。

"瓦尔德在等您。"中士说着，准备带他进屋。

"稍等，这个给您。"毕昂柯把手伸进口袋，掏出一沓钞票。

"别，别。"中士说，"您给他姐姐吧，在他面前给，他喜欢看见钱。我做这一切只不过因为我是这个家的一分子，而且因为我相信。"

毕昂柯跟他走进屋里，虽然晨光可以从门和挂着印花窗帘的窗户照进来，屋子前厅还是点了很多蜡烛，插在银制或木制的烛台上，烛台放在圆形的木制小托盘上，漂浮在水盆里。烛光照亮了墙上贴的圣人画像和置物架上用洁白无瑕的绣花台布罩住的圣徒塑像。中士似乎对这样的布置很是满意，他注视着毕昂柯，想看看他的反应，然而，毕昂柯用冷漠到近乎轻蔑的眼神扫过整个房间，果断向前，走到里屋的印花门帘前才停下了脚步。

"您直接进去吧。"中士说着，走上前来掀开帘子。

毕昂柯从帘子掀起的空当穿过，走进了里屋。只见塔佩人瓦尔德坐在房间中央的一把茅草椅上，穿一身白色的"失贞女"站在他旁边，手轻轻放在椅背上，两人感知外界的能力似乎只集中在她一个人身上，因为当毕昂柯走进房间时，只有她看向了毕昂柯。瓦尔德微微朝向和毕昂柯刚进来的那道门相反的方向，一直不停地点头，手里抓着一根圆形的棒棒糖，白色和红色相间的棒棒糖已经被舔得有点透明了。瓦尔德慢慢把糖送到嘴边，并没有含到嘴里，而是把已经被染成白色和红色的宽阔舌头伸了出来，一下下仔细又卓有成效地舔着红白条纹相间的棒棒糖表面。随后他又把糖塞进了嘴里，用他巨大的白色"马齿"护住它，他的嘴唇动个不停，嘴巴没法把牙齿全都遮住，似乎脸上的皮肤对他的下颌骨来说实在不够用。

"请进，先生请进。""失贞女"说，"这个小可怜很喜欢吃甜的，他昨天睡好了，今天心情不错。"

"谢谢。"毕昂柯说。

几年前，毕昂柯第一次听说瓦尔德，是一位在埃斯佩兰萨[1]附近见证过瓦尔德说预言的医生跟他讲的。当时毕昂柯就对这个人很感兴趣，计划去科龙达拜访他。有一回他从陆路去布宜诺斯艾利斯的途中，取道科龙达准备见见瓦尔德，他在神父家借住了一晚，跟神父聊了很久，神父对他说很不凑巧瓦尔德和他姐姐去了科尔多瓦。所以当他一周前得知瓦尔德来到自己这座小城住下了，马上就让人叫来了中士，因为他听说是中士在负责照顾瓦尔德姐弟。他向中士提议要和瓦尔德进行一次特殊的会面，不是为了向他求预言，只是想近距离观察他。中士看起来有些担心，怕毕昂柯有什么阴谋，然而同样的事毕昂柯在七年前已经从巴黎的实证主义者那里领教过了。为了能够说服中士，他递给他一把银勺子，让他使劲握住一头，然后自己轻轻

1　阿根廷圣菲省的一个城镇，距科龙达不远。

用左手的食指和中指在勺子上方转了几分钟，连碰都没碰勺子就让它好似黏土一般折成了两截。"哟，您是同行。"中士敬佩地说。他看了看毕昂柯接待他的书房，盘算着毕昂柯会是个有用的人脉，从他住的房子就能看出来，自己还有很多能向他学习的地方。

毕昂柯上前几步，在离姐弟俩几米远的地方停下来，和他们保持一定距离，以便更好地观察他们。皮肤黝黑、又矮又胖的瓦尔德依旧一副心不在焉的样子，似乎完全没有注意到毕昂柯的存在。尽管瓦尔德的头点个不停，他头上的窄檐帽却依旧稳如磐石、一直保持微微上扬的姿态，这让毕昂柯很是惊奇。瓦尔德拿着棒棒糖的手停在了嘴边，他张开"马齿"，又慢慢探出舌头，欣然自得地舔起表面设计成红白条纹的圆形糖果来。毕昂柯感觉眼前整洁优雅、盛装打扮的矮胖小子像一个被刺绣夹克和黑色丝绸灯笼裤包裹起来的自动装置，有着复杂的内部结构和怪异的外部动作，缓慢而重复的动作让人完全看不明白隐藏其中的重重齿轮是如何运作的。在他身旁，"失贞女"尽心尽力地看顾他，神情严肃而骄傲，同时她也十分警觉，似乎弟弟对外界的漠不关心需要她付上加倍警醒的代价。毕昂柯把手伸进兜里掏出几张钞票来，对折了一下向他们递过去，她数也没数就接了过来，甚至连看都没看就把攥着钞票的手放在了靠近肚子的位置，紧贴着白色的衣裙。全程侧对毕昂柯、连头也没回的瓦尔德似乎注意到了那几张钞票，他把拿着棒棒糖的手放了下来，开始用白色的牙齿咂摸口水发出响声，他的嘴巴也开始动了起来，嘴唇的开合越来越快，就好像控制他动作的内部装置进入了加速运转的状态。他脸上的皮肤太黑，看不出是否因为太卖力而起了红晕，相反似乎变得浅了些，显得灰扑扑的。他的头点得越来越快，牙齿间的口水声也越来越大，甚至有飞沫从他发白紧绷的唇边溅了出来。有含混的声音在他喉咙里成形，总是操同一种外国口音讲多种语言的毕昂柯知道，这声音不属于任何已知的语言，它存在于所有语言之前，如果坐在椅子上的这个胖乎乎的黑小子真的有说预言的能力，那么这种能力也和他的语言水平无关，他坐在自己的草椅上一动不动，却神游在曲折陌生的时间长廊里，穿梭于不为人知的能量通道中，在被扭曲的物质空间来来回回，他嘴里的含混声音不过是在片刻间被勉强套上了语言的外壳——对毕昂柯来说，这些话无一例外地必然都是外语。于是就这样，混合着口水的预言从紧咬的牙齿间费劲地冒了出来，刚好构成一对押韵的八音节诗句，被瓦尔德用越来越高、越来越颤抖的声音一遍遍重复：姐姐看一朵乌云到将早上一片天笼罩。他的音调越来越高，越来越疯狂，到达情绪的顶点时又戛然而止，但嘴唇的动作、咂摸口水的声音和表示赞同的点头并没有停止，只是慢慢平息下来，恢复到情绪爆发前的正常速度。就像是这团盛装打扮的肉体背后掌管一切的装置想让毕昂柯明白表演已经结束了似的，瓦尔德拿着棒棒糖的手又一次慢慢地举到嘴边，他宽大的舌头从牙齿中间伸出来，开始舔食红白条纹相间的圆形糖果，卓有成效的舔食让糖果变得更加透明，连包裹在这甜蜜晶体里的小木棒都依稀可见。

毕昂柯在后院解开缰绳、准备上马的时候，中士问他："您感觉怎么样？"

"很有意思，"毕昂柯说，"我还会再来的。"

"您听到他说的话了吗？"中士问。

"是的，听到了。"毕昂柯心想："如果他是个骗子，那他行骗的功夫简直出神入化了。但是恐怕没人能装成那副样子行骗。"

"让人担心啊。"中士说。

毕昂柯没说话。他本想和中士握手，却又想起来那个动作有点复杂，于是打消了这个念头。他听到在前院大门口等待的人群在窃窃私语，所以决定步行走到街上。中士恭敬地陪他走着，好像已经体会到了毕昂柯不打算和他握手这一决定背后的一番好意。

"好了，"中士说，"我得劝劝那些人后天再来。祝您一切都好。"

"谢谢。"毕昂柯说，随后牵着马准备往街上走。一个声音用意大利语叫住了他：

"尊敬的先生！"那个声音说。

从等在门口的人群中钻出一个男人，向毕昂柯走来，边走边匆忙地脱帽致意，等走近毕昂柯身边的时候帽子已经拿在了手里。他在离毕昂柯不远的地方停下了脚步，以示尊重。在灰白色的头发和胡子之间，他的眼睛透着羞涩和敬意向毕昂柯微笑：

"先生，您好。您还记得我吗？"

毕昂柯看了他好一会儿，觉得他面熟，但又想不起来他是谁。

"卡拉布里亚。那艘船。"男人用意大利语说道，在给了毕昂柯两三个明确的提示以后，他微笑地看着毕昂柯，试图激起他的回忆。毕昂柯一认出他来，立即热情地向他张开双臂，连他身后的马都吓了一跳，摆了摆头，发出一声轻嘶。

"我当然记得了，"毕昂柯用意大利语说，"我们还在布宜诺斯艾利斯见过一次，您有印象吗？"

"当然啦，您上次对我那么好，尊敬的先生。"男人边说边用手指肚捏着帽檐打转，始终把帽子拿在肚子的高度。

"您过得怎么样？"毕昂柯问。

卡拉布里亚男人耸耸肩膀，用意大利语说：不太好。他一直没能得到自己的土地，虽然耕种了也收获了，但都是以佃户的身份在干活。他说自己现在还和刚来的时候一样。

"那家里人呢？"毕昂柯问。

男人抬头做了一个含混的动作，指向一个模糊的方向。

"回意大利了，"他说，"我的钱不够养活所有人，现在只能从挣的钱里给他们寄一点儿回去。"随后，他用一只手拿着帽子，空出来的另一只手缩回了其他手指，只剩下食指，他指了指身后说："您见到他了吗？"

"嗯，他后天才能接待大家。"毕昂柯说。

"我已经不知道该怎么办了，是回意大利还是留下来，又或者是把家里人带过来。我不知道，所以来问他。"男人说。

"这是个好主意，问一下也不会损失什么。"毕昂柯说。

"他跟您说了什么？"男人问道。

"我不是来问什么的，"毕昂柯说，"我是来研究他的，为的是……"毕昂柯把手举到空中，好像手里拿着一根想象出来的笔，做出写字的样子。

"哦，我懂了。"男人不无佩服地说。

毕昂柯把手伸进兜里，没有把整沓钱拿出来，而是从里面抽出两三张钞票来，向男人递过去。

"不，不，请您别这样，尊敬的先生。"男人说着，稍稍低下了头。

"拿着，拿着。"毕昂柯说，"给他买点儿糖果，他喜欢吃糖。"

男人迅速向前院的人群瞟了一眼，确保没人在看他们，随即一把接过钞票放进了衣服口袋。

"谢谢先生。"他说。

"您会安装围栏吗？"毕昂柯问，"我正在给我的草场装围栏，现在需要帮手。这里的克里奥尔人都不会干这活。"

"那群土匪，"男人说，"除了动刀子，他们什么都不会干。"

"如果您决定留下来，可以来找我。"毕昂柯说。

"如果我能留下来。"男人好像有些抱歉地说，"我的钱刚好够买回程的票。就看塔佩人跟我说什么吧，他怎么说我就怎么做。"

"给他买点儿糖果。"毕昂柯说。

两人就此告别，卡拉布里亚男人返回屋子的方向，毕昂柯则骑上了马。毕昂柯已经让马等待了太久，一开始是和中士聊天，然后又是和卡拉布里亚男人在屋子对面说话，马儿已经等得不耐烦了，想要撒腿狂奔起来，毕昂柯必须使劲勒住它，在开始的一百多米，毕昂柯一直紧拽着缰绳，在跟马的拉扯中控制着它，马儿只能迈着不安的步伐前进，几乎半侧着身子，因为有力无处使而微微颤抖。毕昂柯想慢慢走，好让自己的注意力解脱出来，可以思考一下在那间屋子里所看到的事情。终于，土路上的奔驰让马儿因等待而产生的焦躁得到些微缓解，它平静下来，在骑手的掌控下安静地漫步。虽然日头当空，模糊了地平线的浓雾却没有消散，依旧停在那里；垂直射下的阳光——光线强烈得像不属于这个季节——让本来就不高的房屋看起来更矮了，随着毕昂柯越来越靠近市中心，这些毫不美观的长方形屋子也越来越多。一点儿风都没有，路旁的树一动不动、了无生气，感觉只需稍微晃动一下，被染成红色、黄色和棕色的树叶就会全部飘落。"也不是秋天也不是夏天，"毕昂柯想，"哪个季节都不像；倒像是一具夏天的尸体，正在经历彻底的腐败，谁也不知道会变成什么样。"事实上，从几个月前开始，他的思绪就好像这些树上的叶子一样锈迹斑斑，发黑的铁锈从外部沾染了它们，又或是从内部逐渐渗透了进去，它们就像久葬在沼泽底部的一块金属，已经开始被不知名的有机物腐蚀瓦解，因此，被吸入肺部又吐出的稀薄却黏腻的空气、地平线的薄雾和被雾气笼罩的混乱情绪、看似明亮的晨光和自以为能真切感受到的外界可能都汇成了同一股电流，交融在一起不分彼此，他内部的思绪和外部的环境不过是摇摆不定的两极。猛然间，毕昂柯后颈和后背上两块肩胛骨中间开始莫名感到一阵警告般的敲击，他转头四下张望，好像受惊一般警惕地寻找让自己心跳加速的原因，他仿佛飘浮在模糊地带、飘浮在没有维度的时间里，甚至失去了自我意识、忘却了自己的身份，整个人就像短暂消失了一般，终于，几秒钟后，他发现他的马走在加拉伊·洛佩兹家所在的那条街上，他察觉到在他短暂失神的那一瞬间街上发生了什么，那是来自外部的惊慌情绪，却足够强烈，让隔着一段距离的他也感同身受。于是，他直着脖子，假装盯着地平线，眼睛却悄悄转向了房子入口的方向，恰好看到加拉伊·洛佩兹——或者是一个很像加拉伊·洛佩兹的人——出现在了门口，正目睹毕昂柯从午后空无一人的街上骑马而来，那人一看到毕昂柯就突然停了下来，为了不被他撞见急忙转身回到了家里。"他不可能短短几个月就老了这么多。"毕昂柯想。接下来的几秒钟他对自己说，太过频繁地想起加拉伊·洛佩兹让他刚才产生了幻觉，他迫切希望加拉伊·洛佩兹收到信后能到小城来，唯有如此才能帮他解开现实和幻想的结，自他从牧场回来、撞见吉娜带着无比满足的表情抽烟以后就一直为此备受折磨，所以一周前他给加拉伊·洛佩兹寄了那封信，迫使他向自己吐露实情。一定是这个迫切的念头让他把想见之人的形象投射在了光天化日之下，就像有人为了缓解心中的躁动不安而向空中投掷石子儿一样，他这样做也是为了让自己远离近乎癫狂的状态。当他从街上经过那座房子的门口时，试图用眼角瞟向房子，他似乎能看到，在虚掩的门后，有人正从里面注视着他。但他不确定那人是不是加拉伊·洛佩兹。他看到的那个人在门口闪现，又匆忙返回、藏在门后，毕昂柯现在对他的真实性已经毫不怀疑。那个人本可以和加拉伊·洛佩兹别无二致，不过就是老了一些，然而尤其让他有别于加拉伊·洛佩兹的是他明显又脏又皱的邋遢衣着，特别是他皮肤的颜色——毕昂柯在门口看到的那个男人也有乌黑平直的头发和胡子，但不同于加拉伊·洛佩兹标志性的椭圆形苍白脸颊，毕昂柯看到的是鲜艳的粉红色，像火烧一样，所有修长的线条都看起来圆润了许多，甚至感觉整个人肿胀了起来，就像没睡觉似的。"也许他是喝醉了，"毕昂柯心想，"他也得在上午十一点的时候来点儿白兰地，才能承受等待的煎熬，他会继续这样灌醉自己，直到知晓那个即将从吉娜两腿中间哭着出来的浑身是血的小东西到底有一头黑色直发还是像我一样的砖红色头发。"毕昂柯咬紧牙齿，稍稍分开苦涩的嘴唇做出嘲讽的表情，几滴汗液从他的上唇滑进了嘴里，他用缰绳抽打马背，让马在空无一人的街上狂奔起来。

到家的时候，他已浑身是汗，他从马上跳下来，在街上伫立了一会儿，一路疾驰后他突然陷入了沉思。随着颠簸的马背晃动的不光是他的身体，还有在他尚清醒的那部分头脑里快速闪过的一幅幅画面，它们无比迅速地互相碰撞交叠，似乎并非产生于他体内，而是来自更邈远的某个地方，不断出现的画面怪异难解、如此陌生，以至于有几秒钟时间他在扮演他自己，在扮演毕昂柯，他好像变成了另外一个人，是他在过去其他地方认识的某个人，那些时间和地点已经永远陷落在一条迷雾地带，那里不光吞噬了他前三十年的生活，还有他的整个过去，凝结成块的物质在那里分解、化为乌有。此刻他站在心跳加速、气喘吁吁的马旁边，头顶是路边没精打采的树上被染成红色、黄色和棕色的叶子；此刻他知道自己得和吉娜面对面坐在一起吃饭，承受她异常深邃难测的目光，同时他也在等待那些在策马奔驰中被抖出的内心画面可以重回上午的宁静。他开始自言自语，就像是对另一个人说话一样，试图让他恢复理智、被不容辩驳的理由说服："冷静点，毕昂柯，如果门口那个人就是他——我们很确信就是他，除了他还能是谁——自从收到信的那天起，他就从早到晚用白兰地把自己灌醉，如果是他的话——毫无疑问就是他——现在掌控局面的人应该是毕昂柯，是毕昂柯掌管着居于次位的物质幼虫的一举一动、掌管着污秽物质的秩序，是毕昂柯仅用精神之力操控世事、用心思意念精心算计，是毕昂柯而不是那些被血腥讽刺的力量支配而不自知的人们，他们甚至并不知晓那些力量的存在，也当然不会知道那些力量就存在于他们体内，他们纵情于自己所认为的享乐，然而事实上那不过是物质的偶然聚合与分解。"他看着自己牵着缰绳的手，手背上覆盖着砖红色的稀疏汗毛，他一直专注地盯着自己的手看，直到它停止了颤抖。

"他不像是个骗子。"毕昂柯在饭桌上边对吉娜说话，边从女佣递过来的盘子里拿取食物，他动作有点快，因为吉娜已经先拿好了，正在等他拿完以后一起开饭，"不，绝对不可能，他缺乏骗人必需的智慧，不过要把他结结巴巴的话当成预言那也……好吧，还需要再仔细研究一下这事。"

"我想午睡以后洗个澡。"吉娜说，好像完全没听到毕昂柯的话。

虽然因为吉娜的态度而感到困扰——自从他们结婚以后她就经常这样，他已经把这种态度当成是她的一种任性的偏好了——毕昂柯还是温柔地对她说：

"我帮你。"

"好的，那最好了。"等她确认女佣已经离开往厨房那边去了，才小声补充道，"我不想这个样子被别人看到。"

"我完全理解。"毕昂柯说。

因为太热，吉娜决定在走廊吃午饭，幻想着能遇到一丝流动的空气，稍微缓解她的胸闷气短，但风执意不来。其实说实话，也许在餐厅会稍凉快点儿，但毕昂柯没办法对她说不，所以假装走廊是这几天家里最凉快的地方，但垂直照进长方形院子里的阳光烤热了走廊阴影里的空气，拆穿了这个善意的谎言。

"我很想知道他是怎么开始说预言的。中士声称他是突然开始的，九岁以前他都一言不发，结果突然有一天开始出口成诗。"毕昂柯说，"如果他们没耍任何花招的话，那这也太吓人了。但如果他们是在骗人，我也好奇他们是怎么做到的。也许是他姐姐和中士编写诗句，然后让他背下来。"

"为什么会有花招？"吉娜说，"难道我们的试验里也有什么花招吗？"

毕昂柯抬头将视线从自己的盘子转移到了吉娜脸上。她马黛茶色的脸很饱满，脸颊和下巴的肉平滑地连成一团，她的眼睛睁得大大的，占据了脸上很大的空间，她坚定地看着毕昂柯，眼神里充满了百分百的真诚，真诚到开始让人感到不安，于是毕昂柯又低头看向了自己的盘子。

"没有，真的。"毕昂柯说。

吉娜睡午觉的时候，毕昂柯拿了瓶白兰地把自己关在书房里。他把脖子撑在长沙发的靠背边缘，望向晴朗天空的白色表面，不时转动手里的酒杯，犹如进入梦境一般平静，或者说是彻底地放空；他又一次被冰冷的沮丧情绪攫住，每当受现实事件所困无法采取行动、不得不等待事实一步步按照他预想的那样显露出来时，这种感觉就会突然向他袭来。终于，在很长一段时间过后，他迷失在了白色的表面，迷失在了他似乎从其上辨别出的无数种不同程度的白色里，迷失在了白色的急流中，迷失在了白色背景上的白色漩涡里，迷失在了同时朝不同方向旋转的同心圆里，迷失在了一个个螺旋状的白色突起里——白色的突起物上下翻腾，晴朗的天空仿佛变成了石灰池。他为这白色的迷宫心醉神迷，吉娜敲了三次门他才听到，他猛地站起身来，剧烈的晃动让他裤子上洒了点儿白兰地，他正要往门口走的时候，吉娜打开门走了进来。

"在睡觉吗？"吉娜问。

"不是，在思考。"毕昂柯说。

吉娜从他手里拿过酒杯。

"我开始了解你了，"她说，"你有心事。"

"我吗？"毕昂柯反问，接着摇了摇头。

"那就好。"吉娜说着，把修长的手指伸进因为出汗而有些黏腻的砖红色鬈发里，轻轻摸了摸。吉娜不容分说的强大气场让毕昂柯感到溃败，她轻轻抓着他的肩膀，把他拉进了浴室。铺着马赛克瓷砖的地上有一个巨大的空木盆，还有两三只盛满热水的桶。吉娜脱光衣服，走进木盆中央，她伸长了胳膊，不耐烦地用手指随意抓了抓，向毕昂柯示意漂在其中一个热水桶里的银水罐。

"我现在连弯腰也不行了。"吉娜说。

"这不是有我呢。"毕昂柯说。他弯下腰把水罐装满热水，然后站起来走近吉娜，准备把水罐递给她。他的头微微侧向一边，眼睛低垂着，就像不敢看她似的，就像害怕她丰盛饱满的身体分泌出某种致死的毒液。吉娜的手臂、脖子、双腿、胸部、臀部、肚子都丰满了许多，身上的肉紧绷到了极点，变得更加光滑夺目，甚至有些透亮，仿佛原本的肤色被稀释了；她身上最柔软的地方形成了一圈圈很深的褶皱，让人感觉她的身体似乎被隐形的金属线绑着，将不同地方的皮肤在边缘处连接起来；她滚圆的肚子上方吊着胀大的乳房，上面黑色的乳头几乎快看不到了，凸出的肚脐像个硬硬的肿块，那道黑色的毛丛弯弯曲曲，消失在了肚子下方，阴毛也几乎完全被肚子挡住。

"请等一下。"吉娜说。然后抬起手准备解开头发。因为站姿的关系，也因为她的手停留在发髻上的动作，她整个身体不断甩出沉甸甸的波浪，身上的肉随着手上一次次不成功的重复操作而周期性地晃动；当她因为操作不顺而感到不耐烦的时候，就会加重手上的动作，波浪也就越来越频繁、越来越剧烈，波浪传递到她身上的各个部位，让她脖子上多了好几道褶皱、乳房左摇右摆、肚子随之颤动、手臂上的皮肤摇晃起来、踩在木盆里的脚也不得不挪动了几步。终于，吉娜如愿解开了发髻，瀑布般的黑发在她后背散开，突然垂下的头发微微晃动，发梢因为被缩在发髻里而有些卷曲。吉娜缓慢地甩了几下肩膀上的头发，让头发四散开来，然后拿起毕昂柯递过来的水罐，把水倒在了自己脸上，水流的冲击让她闭上了眼睛，她闭着眼把水罐向毕昂柯一伸，让他再往里面加水。重复了好几遍之后，吉娜缓慢仔细地打起香皂。毕昂柯帮她擦背，然后开始给她冲水，一罐罐温水轻轻从她身上流下来，最后他屈膝在地上，给她的腿和脚打上香皂。在某个瞬间，他抬起头仰面看她，吉娜看起来像个庞然大物，几乎看不到边界，她的肉一圈圈向外延伸，形成了一个巨形金字塔，细小的塔尖快要消失在天花板的阴影里。一直跪着的毕昂柯稍微直起身子，让自己正对着吉娜，准备帮她擦洗大腿，他的脸几乎贴在她浑圆紧绷得不可思议的肚子上，有那么几秒钟他仿佛感受到，在她皮肤的另一边、在她坚硬凸起的肚脐的另一头、在她弯曲的黑色毛丛——一直延伸到隐藏在圆球下方的阴部——的另一端，物质的沉渣正在运作，翻搅出无尽的组合、变化；污浊的坑洞里，各类物质互相碰撞、混杂，唯一的目的就是不断制造体液和组织，不断凝结成重复、短暂、单调、非人的实体，由同一个永远存在又毫无意义的敌对声音变幻出四五种不同的形态。

他帮她穿上衣服，把她交到女佣手上，女佣在走廊里安静地帮她梳头，他则去了最里面的院子，坐在树下看书，等待加拉伊·洛佩兹的到来。但是从黄昏到傍晚、从天黑到午夜，加拉伊·洛佩兹始终没有现身。陪吉娜上床睡下后，毕昂柯坐在雾蒙蒙的月光下抽烟，手里拿着他离不开的酒杯，他时不时挥手驱赶脸周围很难赶走的蚊群，心想："那不是他。也许他收到信就在布宜诺斯艾利斯自杀了，那天我在他家门口看到的正是他的鬼魂。也许是我产生幻觉了。也许他根本没收到信。也许他收到信了，但因为他不是让吉娜怀上肚子里那个东西的人，所以觉得没必要来。"通常来说，最后这条是最好的一种假设，不过也有一个小麻烦：如果他不是让她怀孕的那个人，那就说明是我疯了。

然而，第二天，加拉伊·洛佩兹来拜访他们了。听到女佣通报，毕昂柯走到院子里去迎他，费了好大劲儿才认出他来。当他伸出手向毕昂柯走来时，毕昂柯看到了前一天碰见的那个人，那个很像加拉伊·洛佩兹的人，事实上跟加拉伊·洛佩兹几乎一模一样，只不过现在伸着手朝毕昂柯走来的他看起来要老二十岁，他穿着又脏又皱的西装外套和裤子，脸红红的，有点肿胀，全然没有了毕昂柯认识的那个加拉伊·洛佩兹那标志性的甚至是刻意为之的苍白肤色。

"*亲爱的朋友。*"

"*亲爱的医生。*"毕昂柯边说边和他握了手。当毕昂柯靠近加拉伊·洛佩兹的时候，一股潮湿的臭味直窜他的鼻孔，那是一股强烈的味道，闻起来像腐败的湿稻草。毕昂柯注意到加拉伊·洛佩兹连眼睑都红了，甚至瞳孔也染上了一些红色的斑点。不同于以往的习惯，加拉伊·洛佩兹立即放开了毕昂柯的手，当他看到远处坐在走廊阴影中的吉娜时，像平日一样热情地挥动着双手——可能动作比平日稍微怠惰一些——向她走去。虽然加拉伊·洛佩兹动作夸张地表达想要和吉娜打招呼的迫切心情，毕昂柯还是毫不费力地就跟上了他的脚步，因为他行动有些困难，步履有些笨拙，就好像发出动作的不是一个由弹性十足的肌肉和骨骼组成的身体，而是一个每走一步都快要散架的布偶。毕昂柯注意到，虽然加拉伊·洛佩兹非常热情，但他在距离吉娜两三米远的地方停住了，也没有像往常一样向她伸出双手。

"吉娜！吉娜！太美了！像女王一样，像圣母一样！我知道母爱有多珍贵，因为在我还那么小的时候母亲就被带走了，再也没有还给我。"加拉伊·洛佩兹配合着他一贯夸张的戏剧化手势用意大利语说道。不过这次，他的动作似乎很费劲，牵动了全身的力气，让他脸上和手上的皮肤都更红了。他接着用西班牙语说："我妹妹有天在街上看到了吉娜，是她两三个月前写信告诉我这个消息的。其实我更希望从两位口里听说这件事。"

砖红色的眉毛皱了起来：

"什么？您没收到我的信吗？"

"从八月份开始我收到过几封您的信，*亲爱的朋友*，但都是关于生意的事儿。"加拉伊·洛佩兹说，"您只提到了围栏、螺栓和扳手，连您那些烦人的实证主义者都没提。"

"八天前我给您写信说吉娜快生了。"毕昂柯说。

"你什么都没跟我说。"吉娜说。

"很遗憾,"加拉伊·洛佩兹说,"我没收到。"

接着他的脸黯淡了下来。毕昂柯心想:"他在撒谎。"加拉伊·洛佩兹四下看了看,像是在找什么东西,也许是想找把椅子,他疲惫地走了两步,靠在了墙上,红红的眼睛吃力地透露出一丝笑意。

"我应该是在路上和您的信失之交臂了。"加拉伊·洛佩兹说。在短暂的笑容过后——那更像是一个笑容的轮廓而不是真正的笑——他的表情又重新变得黯淡起来。

"我看您有点疲惫。"毕昂柯说。

"我也觉得是。"吉娜用有些冷漠的语气说道。在毕昂柯听来,这份冷漠像是装的,十分突兀。

"长途跋涉。一路骑马。"加拉伊·洛佩兹说,"我听说第一批围栏已经到了,就觉得自己得在这儿,我想让爸爸知道这个方法行之有效。当然,看到我来了,我弟弟就去牧场上了。"

"他在说谎,"毕昂柯想,"他在说谎,从他的眼神就能看出来他害怕我们不相信他。"

"都是借口,"吉娜意外开口道,"难道不是为了某位小姐?"

"某位小姐。"加拉伊·洛佩兹重复道，就好像因为一时走神或精神恍惚没完全听懂似的，他稍微移动了一下身体让自己站稳，以便能够有效地完成接下来要做的动作，然后他慢慢让身体靠墙滑下去，坐到了地上。

"安东尼奥。"吉娜叫道。

加拉伊·洛佩兹的脸上浮现出一种无法描绘的痛苦表情，他礼貌的言辞像是来自无尽的远方。

"实在抱歉，请原谅我。我太累了。肯定是有点发烧。"他说，接着把头靠在墙上，眼睛盯着院子上方这块薄雾笼罩的蓝色天空看，"天气简直太怪了。"

"我给您倒杯白兰地。"毕昂柯说。他快速走向客厅，倒了一杯白兰地就迅速返回，但准备走进院子的时候，他犹豫了一下，停在了半开的门后面，透过门缝向院子里窥视。只见吉娜坐在扶手椅上，用手在面前扇风，想要获得一些新鲜空气，又或是在驱赶蚊子——它们从早上开始就很中意她温热的血，盘旋在走廊和院子里，形成肉眼可见的一团黑云，在阳光照射下好像银色的粉尘；加拉伊·洛佩兹依旧背靠墙坐在地上，腿伸长放在走廊的瓷砖上，他轻轻点着头，好像在以一种谨慎隐蔽的方式回应吉娜可能在毕昂柯出去倒酒时对他说过的什么话。也许就是现在，毕昂柯想，他们正在进行秘密的交流，无须张嘴的思想交流，连言语都不需要；他感到敌对的力量化为极微小的震颤从他们身上流过，他们却能够同时感受到那股盘踞在体内的力量；而他，毕昂柯，凭借强大的意志力才让自己不被裹挟进去，但他清楚自己必须保持警惕。也是在短暂的几秒钟时间里，他不知为何又回忆起一幅相似的画面，九个月前他冒着大雨骑行了整个下午后打开客厅大门无意看到的那一幕：吉娜表情无比满足地吸着烟，加拉伊·洛佩兹在她身旁带着坏笑对她低语。为了摆脱萦绕脑海的回忆，毕昂柯打开门走进了院子，他走向两人，弯腰把酒杯递给了加拉伊·洛佩兹。

"您太好了，*亲爱的朋友*。"加拉伊·洛佩兹说。他软绵绵地接过酒杯，有些心不在焉，要不是杯子里的酒只有一半的量，早就倒出来了——他甚至都没发现自己把酒杯拿得有多歪。

"天气实在太奇怪了。"加拉伊·洛佩兹说。

在红色的眼皮和染上红色斑点的瞳仁下面，他的双眼似乎蒙上了一层薄雾。他把酒杯举到嘴边喝了一口，但白兰地几乎马上又出现在他唇边。

"马车在街上等我呢，"加拉伊·洛佩兹说，"您愿意陪我一程吗，*亲爱的朋友*？"

"您得好好照顾自己，安东尼奥。"吉娜说，"真不知道您在布宜诺斯艾利斯过的是什么样的生活。"

加拉伊·洛佩兹试图微笑着慢慢起身，但他手里的酒杯掉落在地上，在瓷砖上摔成了碎片。

"我真是在二位面前出尽了洋相。"加拉伊·洛佩兹说。

"一点儿都没有，"毕昂柯说，"来吧。"

毕昂柯抓紧他的胳膊。往门口走之前，加拉伊·洛佩兹转身对吉娜说：

"您比任何时候都美，这就是我最喜欢您的样子。"

"快去休息吧，安东尼奥。"吉娜说。

她的声音里有种类似冷漠的东西，毕昂柯想。就好像她在透明的薄纱后面说话，而我们处在另一个时空；就好像只有她一个人来自现在，而我们则在过去的泥潭里挣扎、瓦解；就好像只有她一个人存在，而我们已经准备好要化为乌有。当他迫使加拉伊·洛佩兹靠在自己肩膀上——加拉伊·洛佩兹一开始似乎还不太情愿——陪他走到街上时，又一次闻到了他嘴里的臭气，那是腐败的湿稻草味儿，似乎不仅仅来自他嘴里，而是由他全身散发出来的。他们走到街上的时候，毕昂柯发现等在门口的仆人脸上也是鲜艳的粉色，和他前一天在加拉伊·洛佩兹家门口撞见他时看到的颜色一样；只不过昨天看到的粉色今天已经变成了红色，就好像在某种无法挽回的怪异变化的过程中主人要稍稍领先于仆人。

第二天，在加拉伊·洛佩兹家门口，他妹妹的脸上也能看到同样的粉色。她没让毕昂柯进屋，只是对他说加拉伊·洛佩兹烧得厉害，还在床上，没法接待他。她说话的时候，毕昂柯注意到她眼睑发红，眼睛周围的红色线条十分清晰，像是用红色铅笔描过似的；她的眼皮让毕昂柯想起他有时候透过烛光看自己的手也能看到同样的颜色。毕昂柯独自站在路边，担忧地抬头望向雾蒙蒙的天，然后又看向日益被暗红色、黄色和棕色叶片侵占的树。他想："这些天的阳光实在太不寻常了，把他们都晒成了这种颜色。"回家的路上他越来越确信自己的想法，因为他不时会遇到像加拉伊·洛佩兹一样皮肤泛着粉色或红色的人。就好像波及阳光、地平线和树叶的色彩变化同样也发生在了人们的皮肤上，仿佛世界正在改变，随意组合构成世界的物质由于某种意外的混乱、受召于一个写在它们内核里的古老命令——由于时间过于久远，人们已经无从预知——决定赋予世界怪诞的面貌，所以改变了树叶亘古不变的绿色、天空单调乏味的蓝色。他很确信事情就是这样，所以一回家就直接进了卧室，在洗手间的镜子前仔细端详自己：但他还是老样子，依旧是一头砖红色鬈发——虽然在骑马的时候稍微弄乱了一点，但是被汗液紧贴在头皮上，保持了一定的造型；依旧是苍白的面庞——连平原上的阳光都没办法将他的皮肤晒黑，甚至一点儿都不能改变他的肤色——脸上细小的皱纹在眼周格外明显，让他发青的眼圈显得憔悴。如果说整个宇宙都在改变，那么他就像是其中最后一个不被变化攻破的堡垒，独自坚守着；他曾经拥有过那么多不同的身份，但都不足以化开他体内凝结成块的黑暗内核。

第二天，他又去看加拉伊·洛佩兹，这次是加拉伊·洛佩兹的小妹妹——她脸上也带着同样的粉色——接待了他。她对毕昂柯说加拉伊·洛佩兹还在发烧，而且家里有不少病人，毕昂柯心想："这一切都是装的，为了争取时间，他和妹妹们一起演戏，故意不见我，其实他们不过是因为阳光强烈而有些晒伤罢了。"但当毕昂柯骑马沿着河边向北走的时候，突然产生了一个让他难以忍受的想法，那就是加拉伊·洛佩兹可能真的病了，而且会把他的秘密带进坟墓里。因为从她身上，毕昂柯自言自语道，从她身上我不可能知道真相。连她自己都未必记得发生的事情——如果真发生了什么的话——就算我拷打逼问她，她甚至都不知道我在说什么，我现在才发现我的恐惧来自哪里：原来那股力量并非栖居在她体内，而就是她本身，她和她内心深处的欲望是一体的，在那对交媾的马中，她既

时 机

是母马，同时也是公马。

"你见到他了吗？"走廊上的吉娜看到他走进来便问道。

"没有，只见到了他另一个妹妹。"毕昂柯答道。他轻轻地在她脸颊上吻了一下，但是不敢抬头看她。

吉娜正在打磨指甲，所以也没有抬眼看他。安静的院子里，砂纸在指甲边缘发出有节奏的响声，这声音在毕昂柯耳中被放大了许多，他几乎只能听到这个声音，就好像他的听力变得更加敏感了。

"那她跟你说什么了？"吉娜边磨指甲边问，依旧没有抬眼。

"他烧得厉害，"毕昂柯说，"听说可能过不了今晚了。"

"可怜的安东尼奥。"吉娜说，打磨指甲的动作依旧没有停下。

毕昂柯把自己关在书房里。他感觉到有某样东西似乎被彻底封闭在吉娜心里，被层层埋葬在一种触碰不到又坚不可摧的物质下，盖上了一道又一道封印，固执地折了一次又一次，之后又用钥匙锁了好几圈。为了确保任何人——包括她自己——都无法触及那深埋之物，吉娜或许把钥匙沉入了黑暗的遗忘沼泽。他分明看到那样东西就写在晴朗天空的白色深渊里。第二天一早，在给书房送第三或第四杯马黛茶的时候，女佣将一封信交给他。毕昂柯喝完马黛茶，把茶杯还给女佣，看到她消失在走廊，才慢慢打开了信封。无疑是加拉伊·洛佩兹的字迹，只是比平时稍微颤抖一些，他如释重负地坐在椅子上开始读信。信是用法语写的："*亲爱的朋友，今天早上我感觉明显好了一些，但是我知道自己这种病的症状，很担心这只是回光返照。有一件理应被睡弃的罪行让我良心不安。出于对您本人的尊敬——我在您身上学到了太多——我想在踏进坟墓前向您坦白这件事，恳请您收到信后就即刻来看我。*"

毕昂柯的表情夹杂着胜利、痛苦、释然、仇恨和苦涩，他把信揉成一团，扔在了书桌上。十分钟后，他已经快马加鞭朝南奔去。马蹄下的土地柔软潮湿，泛着白色；天空和地平线覆盖着一层绿色的雾；草原和树的颜色很难界定，充斥着不同的色调，从灰绿色到深棕色，中间还有血红色、黄色、米色和红褐色。树周围的地上满是腐败的落叶，水沟旁的牧草也因为接触了死水在慢慢腐烂，静止的水面上漂浮着一层皱巴巴的绿色泡沫。赶到加拉伊·洛佩兹家时，毕昂柯气喘吁吁、浑身是汗，他从马上一跃而下，叩响了大门，因为没有立即得到回应而有些急躁，但当他准备敲第二次的时候，大门慢慢打开了，加拉伊·洛佩兹本人出现在门厅，衣着如往日一般优雅。

"谢谢您能来。"他用法语低声说道。

"*亲爱的医生，我怎么能不来呢？*"毕昂柯跟着加拉伊·洛佩兹的脚步穿过了门厅。

"家里有很多病人。"加拉伊·洛佩兹小声说。

两人面对面在客厅坐下，毕昂柯看到加拉伊·洛佩兹因为知道他会来已经预备好了一瓶白兰地和两只杯子。他连问也没问，就往杯子里倒上了酒，把其中一杯递给毕昂柯，自己拿起了另一杯，然后靠在了椅背上。毕昂柯仔细盯着他看，加拉伊·洛佩兹感受到了他的目光，只是虚弱地笑笑，任他专注地打量自己。毕昂柯发现加拉伊·洛佩兹皮肤上原来的红色已经变成了一种难以界定的颜色，一种发黄的紫色，在这层难以形容的颜色下面，在皮下的区域，能看到无数的红点，像蚊子叮咬过的痕迹，又像荨麻疹，遍布在身体上所有能看得见的部位。

待毕昂柯收回审视的目光后，加拉伊·洛佩兹对他说："黄热病。"毕昂柯喝了一口酒，看着他。加拉伊·洛佩兹的脸也有一点儿肿胀，脸上的红色已经消失，分散在了全身，但瞳孔里仍然能看到红色。

"那天早上您骑马路过的时候，真是抱歉。"加拉伊·洛佩兹说，"我那时不好意思面对您。"

"我也有点怀疑。后来我想那可能不是您。"毕昂柯说。他后颈和后背两块肩胛骨之间开始感到脉搏的狂跳，也许是喝了酒的缘故，他的衬衫贴在了身上。"现在他要告诉我那件事了，他要告诉我了。"他想，"他马上就要跟我说了。"

"我那时候藏起来不见您，也是因为对您的尊重。"加拉伊·洛佩兹说。

"我相信您。"毕昂柯说。

加拉伊·洛佩兹沉默了，他喝了一点儿酒，不再注视毕昂柯的眼睛，毕昂柯有些不知所措，有些失望。"也许他以为我已经通过吉娜知道了，他觉得吉娜已经都告诉我了，所以他刚刚说的那些话就已经足够了，这样的话我永远都没法知道那天下午是不是他们把床弄乱的，当我在雨中骑马奔驰的时候是不是他们把靠枕压在了身子底下。"加拉伊·洛佩兹看起来完全陷入了沉思，当他抬起头再次看向毕昂柯的时候，毕昂柯眼里又燃起了希望。

"我知道您生命中有过黑暗的经历，*亲爱的朋友*，"加拉伊·洛佩兹说，"也许是十分可怕的事情。但是我照您本来的样子接纳了您，不去打听您的过往，以此换得您的友谊。现在我们既是朋友也是合伙人，我希望您也能接受我本来的样子。"

"您可以相信我。"毕昂柯说。"他以为吉娜什么都说了。"毕昂柯想。然而，加拉伊·洛佩兹用空闲的手遮住了脸，抽泣着对他说：

"我必须要向您忏悔的这件事实在太可恶，太让人唾弃了。"

"您冷静点儿。"毕昂柯说。他喝完了自己杯里的酒，感觉到后颈和后背肩胛骨间的脉搏跳动得越来越快。

加拉伊·洛佩兹稍微控制了自己的抽泣声，开始讲述："上周我在医院值班，发现有两个病人得了黄热病，但其他医生之前诊断的却是普通发烧，我很慌，我什么都没说。因为害怕被传染，我借口父亲生病了，跟医院请了假，就回来了。"

"所以就是这事，这就是您说的可怕的罪行。"毕昂柯冷冷地说道，语气里充满怨恨和责备，他站起身来，心想："他在最后一刻改变了主意，他不敢说，他在给我编故事，想让我相信这就是他叫我来的原因。"

"但这还不是最可怕的，"加拉伊·洛佩兹说，"最可怕的是我把它带回来了，我把瘟疫带回来了。我家里人快死了，所有用人快死了，邻居也要死了，整个城市都被传染了。"

"这不是真的，"毕昂柯说，"这不是真的，您在撒谎。"

"您得把吉娜带到平原上去！把她带到平原上去！"

"您在撒谎，为了隐瞒更可怕的事情。"毕昂柯说。

"更可怕的事情？"加拉伊·洛佩兹重复道。但是毕昂柯已经走到了门口，开始大踏步穿过门厅朝街上走去。

"把吉娜带走。把她带到平原去。"他走到街上，依然能听到加拉伊·洛佩兹的话。覆盖着地平线和天空的绿雾看起来变得更浓了，但是灰蒙蒙的太阳依旧刺眼，闪着灰色的光。

吉娜坐在走廊上自己的椅子里，看到他走进来便问："安东尼奥怎么样？"

"一直说胡话。"毕昂柯说。

毕昂柯用嘴唇轻碰了一下她的脸颊，几乎没做停留，就走过她身旁，径直朝后院去了。加拉伊·洛佩兹的事让他心里生起一团怒火，这团怒火的对象游移不定，有时候是吉娜，有时候是加拉伊·洛佩兹，有时候是事情本身的不确定性，正是这种不确定性引发了他的怒火——需要仰赖他人来证实自己对外界的预感和直觉，这让他十分恼火。所以，午休时他花了好长时间在心里反复拉扯、充满疑虑地来回思考促使加拉伊·洛佩兹给他讲述瘟疫故事的原因，却一次都没有想过加拉伊·洛佩兹所述并非故事——像他心里所认定的那样——而可能具有某些真实的元素。然而加拉伊·洛佩兹的忏悔——虽然毕昂柯完全没把它当回事——还是让他内心稍感不安，因为对他来说，这一天确实是在让人心绪不宁的焦躁气氛中度过的。大概五点的时候，吉娜午睡起来，她有点儿恍惚，脸上还有点儿发红，毕昂柯在远处观察她，就像是害怕接触到她、觉得自己没法断定究竟在空间上或情绪上的哪个具体位置她的靠近会真正变得危险似的。他听到她在走廊那头说：

"所有这一切都让你心烦，我发现了。这几个月家里的空酒瓶越来越多了。"

毕昂柯含混地笑笑，耸耸肩，既不承认也不否认。他待在后院，躲在一本书后面假装看书。黄昏突然来临，有些发紫的天色将他焦躁痛苦的身影笼罩，余晖把破败的树叶照得分外清晰。

当夜幕终于降临的时候，整个宇宙似乎也沾染了他的犹疑不定。他听到蚊群的嗡嗡声，还有在院子和厨房里辛勤劳作的女佣们准备晚饭或者布置餐桌的声音和说话声。这些声音是如此熟悉，即便不留心去听，他也在不经意间感觉到其中多了些脆弱感，就好像有什么危险即将临到他们。吃晚饭的时候，两人几乎没怎么提到加拉伊·洛佩兹，毕昂柯着实需要花费一番工夫才能察觉到吉娜有些刻意地对这一话题几乎闭口不谈。也许她装得太好让人完全看不出来是装的，他暗笑了一下想到。他用这个破碎又带点儿自怜的笑苦涩地对自己承认，他完全没办法走进她的内心世界。刚吃完饭他就催她去睡觉，因为当两人共处时，她让他感觉特别遥远，所以他需要让她远离自己，以这种看似矛盾的方式来尝试理解她的内心。临近午夜，他游荡在各个院子里，游荡在黑乎乎的家里——也许整个城市都漆黑一片，唯一的光亮是他面前点燃的香烟，每吸一口，烟头就更加红亮。他明白自己就要失去知晓真相的机会了，它溜进了没有尽头的时间长廊，逃向未知之地，所有秘密和破碎的希望都在那里生锈、腐坏、变成粉末。他走进卧室，仰面睡着的吉娜时不时发出不规则的短促鼾声，毕昂柯在她身旁躺下，开始聆听她的鼾声，断断续续的鼾声像声音的针脚，装点着时而停滞的呼吸，让细若游丝的气息不时变得厚重起来。他想，如果是别人可能会遏制住她的呼吸，猛地一下子关停她脑中躁动的声音，却不明白它们是某件事情切实发生过的唯一证据。有四五次他和衣在她身旁躺下，然后又爬起来，在黑乎乎的家里走来走去，穿过走廊、院子和房间，直到前院的四方场地上黎明的红色光晕开始蔓延，他才决定回床上睡几个小时，其间却不断惊醒，睡不着的时候脑中略显荒唐的联想闪现得越来越快，他对自己说，明天就去找加拉伊·洛佩兹，即便不得不使用武力也要逼他对自己说实话。

但当他第二天去找加拉伊·洛佩兹的时候，在门口碰到两个病人不让他进去。其中一个人脸上已经呈现出鲜艳的粉红色，说实话，这个肤色其实让他看起来挺健康，但是当看向他的眼睛时，毕昂柯注意到他的瞳孔布满血丝。他决定晚些时候再来，刚要打道回府就看到医生从房子里走了出来——负责吉娜孕期检查的也是这位医生——毕昂柯在路上拦住了他。

"里面的人都快死了，"医生说，"您怎么还想进去。"

"他是我最好的朋友，"毕昂柯说，"我每天都跟他待在一起。"

"考虑一下您的夫人吧，"医生说，"您得把她带出城去。"

"您让我进去吧，我答应您今天就把她送到平原上去。"毕昂柯说，"我这几天一直跟他在一块儿，要传染早已经被传染了。"

医生仔细检查了一下他苍白的皮肤，然后转头对门口的病人说：

"让他进去吧。真不知道他为什么非要见他，他可能根本认不出他来了。"

在他走进屋里之前，医生亲切地拉住他的衣袖，让他稍作停留：

"从这儿出来就直接去平原上吧。"

"我跟您保证。"毕昂柯说。

笼罩整栋宅子的静谧如此巨大，让毕昂柯从门厅走进前院时停下了脚步。院子中央的紫藤下，有位克里奥尔老妇人坐在柳条椅上抽烟斗，看到毕昂柯出现，她的冷漠大于好奇，虽然她只是稍微动了动，毕昂柯却感觉她的动作像是刻画在海底或星际的无声世界里。在那里，灰色的光是具有实体的媒介，是一种胶状物，像蜡做的模具一样，可以把老妇人的动作逐步刻印下来，虽稍有延迟，却可以在瞬间把所有阶段的动作同时展示出来。毕昂柯停在院子中间。

"安东尼奥。"他说。

在做出回应前，老妇人咬着烟斗吐出一口烟来，灰色的烟云消失在灰色的空气中，不像是在空气中散开，而像是被已经长满了细孔的空气立即吸收了进去。老妇人抬头向他示意走廊里的一道门。当他推门走进房间的时候，浓重的味道让他取出手帕捂住了口鼻。加拉伊·洛佩兹全身赤裸、一动不动地躺在床上，他没枕枕头，双眼圆睁盯着天花板，除了黑色的头发、胡子和阴毛，全身都是黄色的，像泡过藏红花一样，汗液让他的身体在浸湿的床单映衬下显得有些发亮。他不仅闻起来像腐败的稻草，看起来也是同样的颜色，毕昂柯想。隔着一段距离，毕昂柯稍稍向他俯身。

"亲爱的医生。" 他轻声说。

当毕昂柯的声音在昏暗的房间里响起，加拉伊·洛佩兹的眼皮微微一颤。

"他一出生就让我没了母亲。"加拉伊·洛佩兹说。

"亲爱的医生，" 毕昂柯说，"吉娜肚子里怀的是……"

"他让我没了母亲。"加拉伊·洛佩兹说。

毕昂柯看到他耳朵里塞了两团棉花，全身都是黄色，脚掌却有些发蓝。

"您已经到生命最后一刻了，"毕昂柯说，"告诉我吧，只能您来说了，从她那儿我什么都没法问出来的。"

"他让我没了母亲。"加拉伊·洛佩兹说。

在掩着口鼻的白手帕下面，毕昂柯感到自己苦涩的嘴唇抽动了一下。他正要向床边靠近的时候，理智阻止了他那样做。他环视整个房间，然后在衣橱侧面发现了一把靠放在那里的手杖，把手是银质的。毕昂柯拿起手杖，用尖头在加拉伊·洛佩兹的大腿上轻轻拍了拍：

"亲爱的医生。"

加拉伊·洛佩兹一动不动，双眼圆睁紧盯着天花板，身上的皮肤黄得发亮，分泌出腐败稻草的气味，他赤裸的身体像是无机物，只有混浊的双眼看起来还活着。手杖沿着他的身体一路向上，戳进他的胡子，来到脸颊的位置。

"别装了，"毕昂柯说，"我看见被弄乱的床铺了，我看见靠枕了，我看见吉娜抽烟时的脸了。"

加拉伊·洛佩兹还是不动。毕昂柯用手杖尖头拍了拍他的脸，却感受到一种奇怪的阻力，他脖子上已经僵硬的肌肉好像没办法让他做出哪怕最微小的动作了。一小股血流从他鼻孔里涌出。毕昂柯愤怒地举起了手杖，好像就要朝他头上落下去，并不是因为他憎恨加拉伊·洛佩兹，而是因为他憎恨那股兀自流出的血迹，憎恨将加拉伊·洛佩兹全身染色的那种黄色物质；那个由物质构筑的阴谋不顾毕昂柯的意图，恶毒地阻挡他的愿望，让它们无法达成，只能飘浮在空气中，迫使它们再一次退回到产生它们的那个黑洞中、无序地堆积在一起，变成疑问、痛苦和谵妄；他憎恨的是这个似乎变得全然陌生的宇宙，在这庞大却可笑的建构中，所有的碎片都已被污染，相互作用、构成短暂而荒唐的组合，甫一成形便即刻耗尽；他憎恨的是，不停飞溅的火花，正在将这具长长的黄色躯体和其中隐含的秘密从他身边夺走。但是毕昂柯慢慢放下了手杖，任它掉落在地上。当银把手敲击木头地面的时候，加拉伊·洛佩兹颤抖了一下。

"他一出生就让我没了母亲。"加拉伊·洛佩兹说。

毕昂柯走出房间。整座屋子，或许整个城市中都弥漫着一股腐败稻草的气味。坐在光秃秃的紫藤树下的老妇人，任树枝和弯曲斑驳的树干在自己脸上投下灰色的影子，毕昂柯穿过院子的时候，她连头也没抬。毕昂柯就这样不告而别，走出门厅、走上街头。在小城里，艳粉色、红色和黄色的脸庞格外突出，其他人的脸或惨白焦躁、或黝黑卑微；对后者来说，瘟疫不过是蔑视一切、让人费解的灰色阳光下又一桩倒霉事。角落里，一个男人手扶土坯墙吐在了街上，他弓着身子，胡乱挥舞着另一只手，不知在向谁展示着自己的痛苦。不远处，另一个男人从窗口探出头来，毕昂柯在他脸上看到了加拉伊·洛佩兹脸上曾经出现过的那种难以形容的颜色，那时红色已经消退，而黄色阶段尚未开启。一个女人突然惊叫着从一间房子里跑出来，向行色匆匆的路人指指屋里。有一家人匆忙地把东西往马车上装。对面街上两个警察正在用糨糊往一户门上贴封条，沿对角线贴上的宽纸条盖住了门把手和锁孔。在一个街角，正在和部队军官说话的医生认出了他，向他打了个手势，毕昂柯知道那是在催促自己赶快出城。毕昂柯穿过市中心，用缰绳抽打了两三下，催促马儿快跑，但几乎立即又拉紧了缰绳，为了看一眼水沟旁边一个垂死的男人。"是的，没错，他带来了瘟疫。"毕昂柯想，他重新开始策马奔跑起来，"但他不是因为害怕，我亲眼看到了自己周围这些皮肤变成红色和黄色的人，我并不害怕；他把瘟疫带回来是因为他收到了信，他想看看即将从吉娜两腿间出来的那个东西头发是什么颜色。"一种没来由的、有点儿疯狂的骄傲让他耸动了下耳朵，眼里闪过一丝光亮。他确信，即便整个宇宙都轰然崩塌，太阳、树木、土地、人们都在宣告即将到来的灾难，即便崩溃前的世界在它生锈的轴上摇摇欲坠，他对自己坚信的事都不会动摇，他会继续对一切敌对者在他眼前欺骗性的舞刀弄枪保持警惕——它们想让他分心，让他误入它们的沼泽森林。但当他回到家里，看到吉娜坐在走廊的扶手椅上、预感到有某样东西深埋在她体内——在他无法触及的地方，在经验、血液和记忆的迷宫中央，也许吉娜自己都不知道——摇摇欲坠的是他，如果灌注在吉娜身体里的那个古老的东西决定发出致命的射线，可能会轰然崩塌的是他。

于是他们动身前往平原。毕昂柯坚持带上了吉娜的扶手椅，因为只有在这张椅子上，她才真正感觉到舒服，他们往车上装了食物、毛毯、水、白兰地，而吉娜坐在车中央她的扶手椅上。每次颠簸的时候，毕昂柯都会勒住缰绳，焦急地转头问她有没有事、舒不舒服、想不想停下来休息一会儿，而她总会让他别担心。出城前他们得跟在一长串逃离瘟疫的车、马、行人后面，但一到郊外，人群就在平原上四散开来，消失在惨白暗淡的地平线上，渐渐和米色的草地和灰色的天空融在了一起。平原上突然就只剩下了他们自己，尽管毕昂柯用长矛不断驱赶，由四头牛拉的车还是走得缓慢，就好像有人用既费力又不奏效的方式把整个风景往后拽，每次颠簸牛和车都一起震颤，仿佛被粘在了充当地面的米色地毯上。第二天清晨，他们刚抵达茅屋的时候，只有毕昂柯——吉娜虽一路颠簸也几乎睡了一整晚——在下车以后至少一分钟之久依然看到天空和地平线在他眼前晃动，就好像还坐在车上赶路似的。不过在休息了整整一天一夜后，他们在第二天醒来时都心情舒畅。

吃饭的时候，毕昂柯说："要是我们待的时间长，孩子有可能在这儿出生。"

"有什么关系，"吉娜说，"我们什么都有。"

"要是有什么麻烦的话……"毕昂柯说。

"什么麻烦，"吉娜说，"不会有任何麻烦。"

"我很挂念安东尼奥，可怜的安东尼奥。"毕昂柯说。

吉娜没说话，好像没听到似的。毕昂柯走出茅屋。平原上没有任何动静，一只鸟、一只动物、一朵云都看不到，一丝风也没有，米色的牧草十分柔软，被结结实实地踩在毕昂柯靴下，在不真实的灰色晨光里毫不起眼。"我在做梦，"毕昂柯想，"我肯定是在巴黎的家里，睡在我的一位情人身边，在使馆参加完舞会回来，也许在舞会上多喝了一点儿香槟，然后我就开始做梦了，梦到了支离破碎的画面，梦到我和实证主义者有过一次交锋，梦到我去了诺曼底，去了西西里，梦到在世界尽头的平原上我有了自己的土地，梦到我认识了一位叫作加拉伊·洛佩兹的医生、一个叫作吉娜的女人，梦到我和她结了婚，梦到有一股敌对的力量出于阴暗的原因，想要毁掉我，梦到小城里有一场瘟疫，而我现在身处一个灰色和米色交织的空间，这里除了梦境独有的静谧外空无一物，没有任何事情在这里发生，只有一个人正在做梦，他不知道在一个被叫作巴黎、被称为世界的地方，他正睡在自己的床上，而这个人就是我。"但是吉娜的声音从屋里传来，将他从幻想中拉了出来。

前六天什么都没发生，只有灰色的太阳在灰色的天空中缓慢地升起落下，平原上寂静无风，没有活物，只有他们二人休息、读书、等待。终于，在第七天的时候，天空的灰开始变黑，天边灰色的雾开始变成了云，仿佛从地平线破土而出，从远处涌来，变得越来越大、越来越厚。镶着黑边的密云不断累积，形成了一层低矮的天空、一个漆黑的屋顶；与此同时，地平线四周亮起闪电，一连串雷声像邈远的马蹄疾驰而来。临近中午的时候，天色已经黑得像晚上一样，他们不得不在茅屋里点起了灯；当雨水开始落下，在一个小时左右的时间里，天更黑了，雷鸣和闪电在茅屋上方积聚，密集的绿光和间歇的震颤将茅屋包围，一直到夜幕降临，其间几乎没有过渡，感觉暴风雨让整个下午凭空消失了。大雨不间断地落下，如此丰沛，如此持久，只有雷声给单调的雨声带来些许变化。雨声如此之大，他们得互相喊着说话，每句话都得重复不止一次才能让对方听明白。毕昂柯几乎无法入睡，他注视着天花板上漏下的水滴、注视着闪电和点燃的灯盏，频繁地向吉娜投去不安的目光：吉娜仰面躺在小床上，盖着毛毯的腹部高高隆起，她完全不受嘈杂的暴雨声影响，闭着眼睛，平静地呼吸着。第二天早上，穿着羊毛外套的毕昂柯站在茅屋门口看雨，大雨从前一天中午开始就一直下个不停。闪电和雷声已经不那么密集，变得更加遥远、更加含蓄。不明不暗的一道绿光向远处延伸，形成越来越密实的褶皱，没有天空、没有大地，也没有地平线，什么都没有，只有这条全然绿色的通道，茅屋看起来漂浮其上，或被置于其中，仿佛沉在鱼缸底部。

"现在秋天是真的来了。"毕昂柯用意大利语喃喃说道。

大雨慢慢变成了绵绵细雨，直到午夜才终于停了下来。凌晨刮起了狂风，开始洁净大气和天空，到黎明时才止息。天亮的时候，透过茅屋的缝隙，毕昂柯看到第一束红色的阳光照了进来。天气有点冷，吃午饭的时候，他们把桌子拿到了户外，坐在阳光下吃饭。

"冷空气会终结瘟疫。"毕昂柯说。

"哦，对，城里的瘟疫。"吉娜说。接着，她正要送到嘴边的叉子停在了半路，她稍微抬起下巴，指着毕昂柯身后平原上的某个点说："有人来了"。

毕昂柯转过头，看到有七八个骑马的人已经离得很近了，他心想，怎么吉娜没能早点儿看到他们呢，除非这些人不是从地平线那边过来的，而是突然从他们现在所在的位置冒出来、向着茅屋小跑过来。毕昂柯分开他外套的下摆，好让腰间的手枪能被一眼看到，虽然他知道，从这些人靠近时平和的步伐来看，他们不是印第安人。他们越来越近，体积也越来越大，他们的衣着、身高和肤色特征也在清朗的空气中越来越明晰。大雨洗刷掉了空气中的厚重，正午有点发白的阳光让天空也褪了色，广阔的苍穹万里无云。当看到中间的骑手位置稍稍靠前，比其他六位——他们一边三个跟在他身旁，可能还稍微控制着自己的马，好让他走在队伍最前面——个子都小，毕昂柯认出了他们："是加拉伊·洛佩兹的弟弟，那个纵火犯。那个为了能在这个世界有一席之地而杀死自己母亲的人。"

"是安东尼奥的弟弟。"他用意大利语对吉娜说。

骑马的人来到距离茅屋几米远的地方停了下来，毕昂柯走上前去迎他们。

"如果诸位想的话。"他随意指指桌子。

"我们已经吃过了。"加拉伊·洛佩兹的弟弟说。弓着身子骑在马上的他，身材瘦削却肌肉结实，脸上还稚气未脱，穿得只比身旁破衣烂衫的高乔人稍好一些。这些煞有介事的高乔人身形比他壮硕，也比他年长，他们能宰了一整个村子的人，却也愿意为他赴死。帽子没能完全遮住他无疑从颅顶延伸到额头的空白，对他的年纪来说，那里异常空旷。他干巴巴的声音有些刺耳，快速说出的话语里既没有敌意也不含轻蔑，只有想要直接挑明来意的匆忙。毕昂柯察觉到了这点，问道：

"您怎么到这儿来了？"他感觉自己在长达数周、数月的时间里被厚重黏稠、既陌生又可怕的情绪层层掩埋的实用主义本能——他人格的右半部分，凭借这种近乎冷漠的天赋，他能够操控内心深处所鄙夷的一切实际事物——再次完好无损、自然而然地浮现出来，就像伟大的画家久病初愈后充满信心地第一次提笔。

"我失去了所有家人。"

"我们知道，"毕昂柯说，"我们深表哀悼。我们也失去了一位挚友。"

加拉伊·洛佩兹的弟弟一言不发。

"您为什么不下马呢？"毕昂柯说，"我猜您来是要和我聊聊我和您哥哥创办的公司吧。您父亲一走，肯定是您来面对这个难题了。"

看到毕昂柯如此轻易就猜到了他此行的目的，加拉伊·洛佩兹的弟弟脸上浮现出吃惊的表情。

"下来吧，"毕昂柯说，"喝杯白兰地能让我们思路更清楚。"

只稍稍犹豫了一下，加拉伊·洛佩兹的弟弟就把缰绳交给了他身旁的高乔人，然后纵身下马。当他双脚落地，开始朝桌子走去，才似乎第一次留意到吉娜。她坐在桌对面自己的扶手椅上，不掩饰也不好奇地注视着他，她的眼神坦诚而直接，在里面看不到具体的情绪，只有暗流涌动，深不可测的暗流来自活跃着的隐匿褶皱，让他第一时间移开了视线，之后又不时局促地偷偷看她，徒劳地想要再一次短暂地对上那双让人不安的眼睛。但当他走到她身旁，发现她怀有身孕而且快要生了，他的眼睛紧盯着卡在桌子边缘和扶手椅之间的肚子上，像等着挨鞭子的狗一样惊恐不安。毕昂柯拿着白兰地返回时，明白他已经落入自己手中：这头夜里出来火烧麦田、肆意宣示自己欲望主权的野兽刚刚进入了让他变得平和、放下武器的光晕中，在他内心长满霉点的洞穴里，坚硬的墙壁开始松动，墙里埋藏的东西覆盖着轻蔑的壳和残酷的痂，在日光照射下像硫化物气体一样渗透出来。毕昂柯想，他不光会同意做我的合伙人，而且还会同意做我第一个客户；从今天下午开始，他就会教这些刽子手高乔人生产砖头，他人生中头一次能够不再荒唐、偏执地只专注于放牧牛羊，而是能够看得更远一些；他会接受成千上万向这个国家不断涌来的移民在他的牧场周围种上点儿小麦，甚至在时机到来时种在他自己的土地上；他不会再愚蠢地把庄稼烧掉，相反他最终会明白，把它们低价购入、存放在城市港口，然后以十倍高的价格在欧洲市场上出售才是更为明智的选择。这一切都是因为他进入了一个神奇的光圈、一个有魔力的磁场，在这个空间里居统治地位的是那股力量，它是物质的沉渣，是古老的应许，是没有姓名也没有目的的旋涡。它非敌非友，以同样的冷漠或将我们置于每日的阳光下，或将我们打碎碾磨、混入恒星冰冷的尘埃里。

当骑手们在平原上远去时，吉娜说："做朋友的话，安东尼奥更好，但是要做合伙人的话，这位看起来更合适。"

毕昂柯温柔地嘟囔了一声作为回应。秋日柔和的阳光穿过他一头浓密的砖红色卷发，把他的脑袋照得暖洋洋的，也让白兰地变得温热；一束阳光打在酒杯表面，穿过玻璃，在木头桌子上投下一道明亮的印记。

"我给你准备了个惊喜。"吉娜说。她把手伸进衣服口袋里，掏出那三张边缘有弧度的长方形卡片，卡片背面是完全一样的淡蓝色，正面的图案则各不相同：白色背景上是椭圆形的浅棕色核桃，一分为二、左右并排挨在一起，两半核桃上画着对称的曲线，代表核桃仁上的沟壑；明黄的香蕉斜斜地印在粉色背景的卡片上；那串葡萄实际上由许多蓝紫色的小圆圈构成，不规则地排成几行，从上到下个数越来越少，形成一个倒三角，在肉色的背景上有种立体的感觉。

"你觉得现在是时候吗？"毕昂柯说。

"我们几个月没试过了，"吉娜说，"是时候重新开始了。"

"我不知道能不能集中精神。"毕昂柯说。

"我们试试吧。"吉娜说。

毕昂柯慢慢站起身来，他看着吉娜手里的三张图片，在桌旁犹豫了一会儿。他没什么信心，也许是对自己昔日能力的真实性不抱幻想，或是对它现在的效果甚至是它的合理性不抱希望。几秒钟后，他一言不发地向茅屋走去。

当他走进茅屋，突然消失的外部光线让他暂时眼前一黑，他不得不在黑暗中摸索着寻找那把木头椅子，打算坐在上面集中精力，尽可能在最好的条件下进行心灵感应练习。他伸长了胳膊，身体略微前倾，想要驱散眼前的黑暗，好摸到那把椅子，他不断告诫自己不要对实验结果怀有期待、愿望和幻想，因为他知道，想要抵挡那股敌对力量、想要逃离那团光晕，最明智的做法就是一无所盼、一无所求，不让自己被那块阴险的磁铁拖着走，否则他整个人会变成一根无力招架的金属条，被极速吸往未知的地方。但当他的膝盖触碰到椅子边缘，他竭力想要抑制的内心渴望让他忘记了对自己的告诫。于是他坐在凳子上，闭上了眼睛，一动不动，做好了集中精力的准备。

尾 节[1]

　　那些困惑地看着日夜流逝而不明所以的人，那些把来自过去的重担拖在身上的人，那些认为每一刻都是最后一刻而无法面对残酷现实的人，那些相信自己是世界污点和废渣的人，那些迷失在每个清晨冷漠外壳下的人，那些除了等待没有任何祖产和遗物的人，那些在郊区界限模糊的荒地上饥寒交迫、悲伤绝望的人，那些以夜晚为家、在白天受苦的人，那些自知是逃亡的、脆弱的、不真实的、神秘的人，在某个下午都聚集在了瓦尔德位于城郊的茅屋门口，等待着屋里的中士，因为他刚刚向他们承诺瓦尔德午睡一起来就会接待大家。卡拉布里亚男人拿着在毕昂柯建议下买好的一包糖果，在人群中走来走去。他认识不少在

1　此标题原文为 Envío，对应法语中的 Envoi，指某些诗歌中作为献词的结尾诗节，最早出现在中世纪行吟诗人的抒情诗中。

这里等待的人，因为他已经连续三天来求见瓦尔德；但他总是得不到接待，因为人流实在太大——也许有瘟疫的关系——虽然瓦尔德从早上八点开始到晚上八点结束，中间只有两小时吃饭和睡午觉的时间，还是没办法接待所有人。男人已经厌倦了在平原上游荡、在城市里流浪，他想和被他送回意大利的家人们团聚，却不知道应该把他们再接过来还是他自己也回祖国去。他犹豫又迷信，对未来充满恐惧，害怕有坏事发生，所以他决定求问瓦尔德——人们都说他的预言从不落空——好让自己不再举棋不定，能够更有把握地面对未来。瓦尔德怎么说，他就决定怎么做。但是他已经在这座粉刷过的茅屋门口等待了三天，手里拿着糖果，口袋里揣着三张钞票——他事先把这三张钱和他为回国攒的路费分开放好——还是没能得到瓦尔德的接见。终于，中士出现在门口，右侧的空袖管折起来用别针固定在肩膀上，他举起仅剩的那只手——食指和中指间还夹着一支熄灭的烟——向大家宣告瓦尔德已经准备好接待他们了，但是因为人太多，他不再做一对一的咨询了，而是会让大家分批进入，这样就没有人进不去了。人群开始在门口拥挤起来，大家纷纷展示着自己带来的礼物、钞票，所有人都声称已经等待了三天、五天、一周，因此卡拉布里亚男人——他虽然身材不高，却孔武有力——开始用手肘推挤旁边的人，想要第一批进到屋里。人群中有个女人昏了过去，人们让开一条通道好让她能出来呼吸新鲜空气，于是男人趁机挤到了门口，混进了第一支队伍里，他此前奋力推开某人时脖子上也挨了人家一拳。中士用仅剩的那只手拍拍他们的肩膀，让他们进去，并告诉他们准备好礼物和钱。男人掏出他的三张钞票，沿长边对折起来，攥在握紧的手里，让钞票露出来的部分能被一眼看到。这十五个人进屋以后，都想往坐在一张草椅上、看起来对嘈杂的人群无动于衷的瓦尔德身边挤，但瓦尔德的姐姐，也就是中士的妻子制止了他们，把他们往后推，让他们保持一定距离。之后中士关上了茅屋的大门，进来帮他妻子一起收钱和礼物，而一身白衣的"失贞女"则靠近瓦尔德，在他耳边说了什么。终于屋里迎来了一阵漫长而庄重的静默，只有瓦尔德慢慢点着头，用牙齿咂摸着口水，从喉咙深处开始发出一种粗哑、潮湿、让人难以理解的声音，这声音慢慢演变成了八音节的双行诗；卡拉布里亚男人既听不出来这是双行诗，也不知道它有八个音节。瓦尔德重复了几次，声音越来越高，但紧咬的牙齿和啧啧作响的口水让他的发音走了样；男人站得最远，而且他虽然在平原上待了七年，但几乎只和意大利人为伍，都没有随便糊弄地学上一点儿当地的语言，所以他听不懂瓦尔德在说什么。传到他耳朵里的只言片语，在他听来和瓦尔德说预言前发出的粗哑喉音一样，没有更多的含义。终于，瓦尔德不出声了，他侧对着前来求问他的人们，又一次一动不动、神游天外了；男人还在等着刚才的预言能被复述一下，也许他就能听懂些什么，但中士和他妻子十分礼貌却态度坚决地将访客们引到了门口。于是，几秒钟后，茫然失措的男人站在茅屋后院，还没有想明白预言；他手上的钞票和糖果都没了，却和进屋前一样不知该何去何从。

瘟疫自此开始[1]

---

1 原文是拉丁语：HIC INCIPIT PESTIS。1564 年 4 月 26 日，在英国中部埃文河畔的斯特拉特福镇圣三一教堂的教区手册中，牧师记录了莎士比亚的受洗；几个月后，在同一本手册中牧师记录了织布学徒奥利弗·冈恩的死亡，并在空白处标记了 "Hic incipit pestis" 的字样。那次瘟疫夺取了小镇上五分之一人口的性命，而年幼的莎士比亚和他的家人幸运地活了下来。

译后记

　　胡安·何塞·赛尔 1937 年出生于阿根廷圣菲省一座叫作塞罗迪诺的小城，1948 年随父母搬到省会圣菲市居住。1960 年赛尔出版了第一部短篇小说集《在那儿》。1962 至 1967 年，赛尔在阿根廷滨海国立大学教授电影史和电影美学与批评，在此期间陆续发表了两部长篇小说和三部短篇小说集，还将其中一个短篇故事《棍子和骨头》改编为电影剧本搬上了大银幕。[1] 1968 年赛尔移居法国，在雷恩大学教授文学直到 2002 年退休，2005 年因肺癌在巴黎逝世。赛尔人生的大部分时光和他文学生涯的主要阶段都在法国度过，旅居巴黎期间，他创作了包括《时机》在内的十部

---

[1] 赛尔共有六部作品被改编为电影，包括长篇小说《柠檬树》《子虚乌有》《伤疤》，以及短篇小说《棍子和骨头》《出租车司机》《海岸之路》。

长篇小说，其中《柠檬树》（1974）、《子虚乌有》（1980）、《继子》（1983）、《备注》（1986）、《侦查》（1994）、《伟大作品》（2005）等是其最受推崇的代表作。此外，赛尔旅法期间还出版了两部短篇小说集、一部诗集，以及四部文学随笔集。

赛尔被一些文学评论家誉为博尔赫斯之后最重要的阿根廷作家及 20 世纪下半叶最伟大的阿根廷作家。为纪念赛尔诞辰八十周年，2016—2017 年圣菲省文化部举办了一系列名为"赛尔年"的文化活动，通过展览、研讨会、电影等方式向公众宣传赛尔的作品，纪念他对阿根廷文学乃至西语文学的贡献。2020 年圣菲省议会通过了《赛尔法案》，旨在保护赛尔的文学遗产、保护作家故居、维护修缮赛尔作品中出现过的公共场景和建筑、打造和赛尔相关的旅游线路等。该法案将 2025 年（作家逝世二十周年）定为"赛尔年"，并将每年的 6 月 28 日（作家生日）定为"赛尔日"。

虽然人生的大半时光都在海外度过，但赛尔作品中的故事多以故乡——圣菲省为发生地，并且大部分小说中都有反复出现的相同人物。比如第一部短篇小说集中《鳏夫的探戈》这篇故事里的古铁雷斯时隔三十年后在赛尔的遗作《伟大作品》中再次出现。同样的叙事空间、同样的人物，构成了赛尔的"叙事宇宙"。在赛尔的诸多作品中，

《时机》或许不是最引人注目的一部，却是作家筹备时间跨度最长、写作时间最短的作品之一。[1] 为了能按时参评1987 年的纳达尔奖，赛尔用二十天完成了这部小说，但小说的筹备和构思早在二十七年前就开始了——也就是赛尔第一部短篇小说集出版后。赛尔在 1960 年、1977 年陆续写了部分草稿，也搜集整理了相关的文献资料，但直到十年后时机成熟之时才一气呵成完成了这部作品。这和作家的写作方式有关。赛尔的工作方式更像诗人（他本身也的确是位杰出的诗人），先在脑中构思整部小说的结构，包括开头、发展和结尾，构思完毕才会动笔，因此写作过程很快，一般四五个月即可完成，但前期往往有经年的积累和思考。[2]

《时机》这部小说的主题可以分为三个层次。表层是毕昂柯、吉娜、加拉伊·洛佩兹三人之间的感情纠葛。一次偶然的早归让毕昂柯撞见妻子和好友共处一室相谈甚欢

1　赛尔在接受文学评论家 Julio Premat 采访时说，《伤疤》（1969）的撰写花了二十个夜晚，《时机》则用了二十天。为了能按时提交作品，作家没有沿用原本的工作方式——先手写再用打字机誊抄，而是直接改用打字机完成了创作。

2　信息来源："El río del tiempo: el año Saer en Argentina", https://pijaoeditores.com/actualidad/el-rio-del-tiempo-el-ano-saer-en-argentina。

的暧昧场面，自此堕入怀疑的迷雾里越陷越深、几近癫狂。但如同毕昂柯在反复咀嚼回忆时发现的那样，他的怀疑也许从很早以前就开始了。他和吉娜从年龄到外形都差异颇大，而吉娜和加拉伊·洛佩兹却像是"用同一种物质做成的，由同一块富有弹性和青春活力的面团同时揉成，又分成相同的两块［……］两人能够彼此互补达成平衡"（pp. 127—128），年轻貌美的妻子和堪称青年才俊的好友如此和谐投契，让毕昂柯不得不心生猜忌。在吉娜面前，毕昂柯是个卑微病态、怯懦多疑的爱人，吉娜的心思意念、吉娜体内隐藏的暗流、吉娜所代表的物质力量，都在他所能掌控的范围之外，比宇宙的边界还要遥远。直到故事结尾，毕昂柯都无从验证自己的怀疑，无法找到他苦苦追求的"确定性"。

《时机》的"中间层"则是在"历史小说"（或"反历史小说"）的外壳下对 19 世纪下半叶阿根廷政治经济变革的关键时期诸多历史元素的重述。赛尔曾将《继子》、《时机》、《云》（1997）三部小说归类为自己作品中的"平原小说""历史小说"，[1] 但这是就故事创作的时空背景而言，

---

1 信息来源："El río del tiempo: el año Saer en Argentina"，https://pijaoeditores.com/actualidad/el-rio-del-tiempo-el-ano-saer-en-argentina。

因为这三部作品并不是传统意义上的历史小说，而是把故事发生的时间设定在某个特定的历史时期，并对历史事件进行新的解读和呈现，是作家对历史题材的"再加工"。事实上，赛尔质疑是否真正存在所谓的"历史小说"，或者说历史是否真的能够被记录下来，而被记录下来的文字是否真实反映了历史。[1]

按照小说第一部分给出的时间推算，毕昂柯初次抵达布宜诺斯艾利斯港口的时间应该是1864年，彼时阿根廷刚结束内战、实现统一不久，以加拉伊·洛佩兹家族为代表的大地主、大牧场主阶级把持着国家的政治经济命脉，这些保守封闭的寡头势力和国家的发展势头格格不入，日益阻碍着政治经济的变革和社会的进步。通过旅店老板"西班牙人"[2]和加拉伊·洛佩兹[3]的讲述，以及毕昂

1 Bermúdez Martínez, M.(2001). *La Incertidumbre de lo Real: Bases de la Narrativa de Juan José Saer*. Oviedo: Universidad de Oviedo. p.222.
2 "土地和牲畜让这些人都疯了，'西班牙人'边说边用头轻轻画圈，表示整个国家都是如此。为了土地和牲畜，他们杀人、背叛，对他们来说牛比人值钱。"（p.77）
3 "所谓的城市不过是散落在大河周围的低矮房屋，像荒漠一样迷失在满是毒蛇和鳄鱼的岛屿中间。在那里除了等死没事可做的老处女和老光棍在窗子后面暗中窥探，漂亮的女继承人几乎大字不识一个，二十岁的小伙子只需凭借在科尔多瓦或布宜诺斯艾利斯（转下页）

柯的切身体会，[1] 我们得以窥见当时阿根廷"并非乐土"的社会面貌：政治腐败，生产方式落后，暴力肆虐，动荡不安，城市和平原一样蛮荒，劳苦卑微的民众——不管是移民、克里奥尔人还是印第安人一样处境艰难。那是潘帕斯草原最后的蛮荒时刻——土地划分依然靠挖沟、种植带刺的植物等最原始的方式来实现，而随着19世纪中期大量欧洲移民的涌入，新的生产方式、新的经济形式的出现成为必然，平原上即将迎来对阿根廷经济发展来说至关重要的历史事件，那就是毕昂柯贯穿全书反复提起并即将实现的计划——进口和架设围栏。这意味着潘帕斯草原将被彻底征服，不再有无主之地，不再会边界模糊，不再"蛮荒"，

（接上页）的关系获得一纸文凭，就能保证自己二十年后也能坐上省长的位子。城郊荒凉得可怜，酷暑时分到处都是被晒干的垃圾和动物腐尸。富人们有自己的庭院，彼此都是亲戚，他们瓜分了几乎整个平原，只需要让牲畜不断繁殖就能不断赚钱。""平原上的土地划分一点儿都不精确，牧场主随意占有土地，就好像整个省都是他们的。从一个世纪前，他们开始驯化野生动物起，事情就是如此。他们把印第安人圈在几十公里的范围内，把抢来的土地由三四个家族瓜分干净。省长、法官、主教、军队首领都出自这几个家族，他们彼此通婚，就像他们的牲畜一样不断繁衍壮大。"（p.55）

1 "这个地区的牧场主，您应该比我更清楚，亲爱的医生，他们还活在上个世纪，邻里间的问题层出不穷。"（p.91）"这里有很长一段时间都将是这副乡下样子了，虽然他们管这些地方叫城市，但事实上它们都还是乡下。"（p.100）

也不再会出现毕昂柯在雨夜归家之前所亲眼见证的无主马群奔腾迁徙的震撼场面。围栏时代的到来即将开启这个国家经济发展的新篇章：装设围栏，划分地界，改良牧业，生产砖头，发展农业，出口粮食——国家资本主义势不可挡。这是物质世界的必然结果，毕昂柯即便无心为之，即便对此鄙夷冷漠，也终将参与其中。

至此，我们可以看出赛尔对历史事件的全新解读及对官方叙事的讽刺：资本主义制度（也可视为小说中不断提起的"物质力量"的表象）即将取代旧的考迪罗主义发展起来，起到关键作用的居然是一个身世可疑的外来者。制度的变革、新国度的建立并非和有意为之的英雄主义行为有关，而是落在一个拼命想要积累财富、证明物质臣服于精神的失败的心灵主义者身上。如赛尔本人所说，他总是想要"戳穿史诗神话"，因为这对经历过那般历史的国家来说很有必要。[1] 作家对史诗神话的拆解和对传统叙事的颠覆还体现在对高乔人的刻画和对黄热病的描写上。在酒

---

1 作家在 1997 年接受采访时曾说过这样的话："我总是想要戳穿史诗神话，在我们国家经历过那样的历史之后，我认为这几乎是一种必要。"信息来源：https://www.clarin.com/ficcion/una-entrevista-inedita-con-juan-jose-saer-15-anos-despues_0_SyKzo2Whv7x.html。

馆里弹奏吉他的高乔人的形象让人想到阿根廷的民族史诗《马丁·菲耶罗》，但却是一种反理想主义的呈现。小说里的高乔逃兵表面上文雅精致，在酒馆里颇受欢迎，实则被最原始邪恶的欲望所驱使，对女儿们犯下最残酷的暴行，最终死于自己的儿女之手。跟随胡安的高乔人也是野蛮暴力的化身，如动物般不假思索地完全顺服于作恶的主人，不带思考地施暴甚至以杀戮为乐。高乔逃兵的小儿子瓦尔德，在目睹父亲被杀的恐怖场面后失去了语言能力，却获得了预言的能力。有学者[1]认为，瓦尔德以八音节双行诗的形式说着自己也不理解的预言，这样的设定是赛尔对高乔文学的讽刺、对过度解读的批判，也是对一些名过其实的作者的批评。

《时机》结束于瘟疫的开始，小说的时间设定符合历史记录（小说第一幕是 1870 年的冬天）。1871 年黄热病在拉美多国肆虐，而布宜诺斯艾利斯的疫情最为严重，短短四个月就有 15% 的人口死于瘟疫。乌拉圭画家胡安·马努埃尔·布拉内斯（Juan Manuel Blanes）将瘟疫带给这座城市的苦难记录在画作《黄热病实录》（*Episodio de la*

---

1 Bruno Andrés Longoni. (2017). "Escritores orgánicos en la novelística de Juan José Saer", *Cartaphilus. Revista de investigación y crítica estética.* p.52.

Fiebre Amarilla）中。这幅画取材于真实事件—— 一位年轻的意大利女人因感染瘟疫死在家中，人们在她遗体旁发现一个正趴在她胸口、尝试吮吸乳汁的小婴儿。画家将这一幕记录了下来并对死去母亲的身体做了美化处理：只见一身白裙的年轻女子躺在地上，女人的皮肤像身上的裙子一样苍白。相比画家的艺术化呈现，赛尔对传染病的介绍则更为现实冷静，通过对感染者肤色变化的细致描写让读者清楚看到该病的发展过程：从艳粉色到红色，再到"发黄的紫色"，最后是"像泡过藏红花一样"的黄色，这样写实的记录想必源自赛尔在筹备《时机》时参考过的医学资料。而且尤为讽刺的是，赛尔颠倒了移民和当地贵族在瘟疫里扮演的角色，布拉内斯的画作中染病死去的是意大利移民，暗指移民带来了瘟疫，而赛尔的叙事里则是当地贵族的后代、文明世界的代表加拉伊·洛佩兹由于自己的怯懦自私为小城带来了灭顶之灾。

《时机》的"底层"或核心主题，是物质和精神的对立，现实和虚幻的关联和界限。赛尔想要呈现的依然是现实世界的不可把握、记忆的不可靠，语言（官方叙事）、记忆（集体记忆）不足以反映真实的世界，现实和妄想之间并没有清晰的界限。物质和精神的对立关系在主人公毕昂柯身上得到了具象化的体现，正如他书桌上左右两侧泾渭分明的物品归置，他的身体也被分成了两部分，分别装着他的精神追求和哲学思考、实用主义和精明世故。在来到阿根廷草原上后，毕昂柯体内的精神力量日渐衰弱，每次和吉娜进行的心灵感应试验都以失败告终，而与此同时，他的实用主义雷达却越发灵敏，帮助他在草原上站稳了脚跟、积累了财富。物质和精神像一对此消彼长的力量在他体内相互对抗，让极力想要证明精神高于物质的毕昂柯节节溃败、不断陷入物质的陷阱。毕昂柯越是想要寻求对现实的确定性，越是迷失在自己的怀疑和妄想世界里，直到崩溃的边缘。不只是毕昂柯的心灵感应能力，其他形式的精神力量——不管是神谕还是预言——在席卷一切的物质力量面前都显得无能为力，无法给人提供关于物质世界的确切答案。

在赛尔的笔下，现实是不可知、不确定的，这种"不确定"的感受也从故事中的人物传递给了读者：正如毕昂柯不确定吉娜是否不忠、朝圣的人们不确定救主是否降世、卡拉布里亚男人不确定预言的含义，读者在小说结尾也对故事背后的谜题感到无解，无从得知吉娜孩子的父亲究竟是谁、瓦尔德对卡拉布里亚男人说的预言究竟是什么。毕昂柯不仅无法确定妻子的心意，在物质和精神的不断角力中，他也开始对自己的身世，[1] 自己的心灵感应能力 [2] 感到不确定，甚至对自己的存在都产生怀疑，怀疑平原上发生的一切不过是自己的"巴黎一梦"（却很快被吉娜的声音拉回现实）。

这种对现实的不确定让小说透露出一种隐隐的"虚无感"——现实世界发生的一切仿佛都能归因于"偶然"：在加拉伊·洛佩兹的讽喻剧里东方三王、农民、牧人想要印证的神谕不过是"偶然事件"，瓦尔德的预言"从不落空"也可能出于偶然，在蛮荒土地上苦苦挣扎的人是偶然的存在，[3] 甚至连太阳"也是偶然的产物，源于同样无意又转瞬即逝的巧合"（p.52）。当代表精神力量的信仰开始分崩离析，当神话物语失去了存在的根基，一切似乎只能用"偶然"来解释——生命的存在源于偶然，也终将归于虚无。唯一能够确定的就是那股势不可挡的物质力量必将朝着既定的路线不断向前，最终通向荒原般的寂寥结局：一切都

---

1 "他极力想对世人隐瞒自己的身世，结果到头来连自己都搞不清楚了，对别人来说晦暗不明的身世对他来说也同样如此。"（p.91）

2 "他没什么信心，也许是对自己昔日能力的真实性不抱幻想，或是对它现在的效果甚至是它的合理性不抱希望。"（p.212）

3 "他们的存在不过是偶然，他们不过是空洞的天空下、空荡荡的平原上一堆毫无生气、苦苦爬行的黑虫子。"（p.140）

将被"碾作尘土、化为粉末"[1]。

荒原为赛尔提供了一个理想的叙事空间，一成不变又空无一物的平原景象天然带有一种虚幻性，容易让人产生不真实的感受：毕昂柯眼中群马奔腾的场面亦真亦幻，毕昂柯雨夜骑马的鬼魅身影如舞台上的默剧，平原上突然出现又逐渐消失的人影像是海市蜃楼般的幻影，毕昂柯和吉娜坐牛车回草原躲避瘟疫的场景仿佛安置在米色地毯上的舞台剧……正是在这样"灰色和米色交织""除了梦境独有的静谧外空无一物"的空间里，毕昂柯开始怀疑发生的一切不过是一场梦。在这样的虚幻空间里，环境和人物获得了一体性：被雾气笼罩的荒原正如毕昂柯迷雾一般的出身，同样虚幻和不确定；吉娜与荒原及荒原上的动物一样充满不可征服的野性之美，暗藏未知的危险却极具吸引力，代表了毕昂柯无法全然理解、全然把握的现实性；胡安、高乔逃兵和警长科斯塔则是蛮荒土地长出的罪恶产物。

物质和精神在《时机》里还有一个具象的表征，那就是颜色。据赛尔好友、阿根廷作家皮格利亚所说，赛尔小

---

1 "他们的坚持近乎可笑，他们不知道自己正在挑战一股碾压一切的力量，就是这股力量让平原变得如此贫瘠，也将让其他大陆面临同样的命运，看似壮观的高峰和终年的积雪、看似不断进化的贪婪物种都将被碾作尘土、化为粉末。"（p. 156）

说里经常出现不同颜色的隐喻，白色代表思维，红色则代表现实。[1] 在毕昂柯身上，我们可以清晰看到这两种颜色及其所象征的两股力量：首先，毕昂柯这个名字（Bianco）在意大利语里就是"白色"的意思；其次，毕昂柯有着白色的皮肤、红色的头发。此外，不知是作者有意为之还是出于巧合，毕昂柯号称自己来自马耳他，而马耳他的国旗与他的肤色和发色一样，也是红白两色，而且是由两个相同面积的长方形构成，左侧为白色、右侧为红色，恰好对应了作者对毕昂柯的描写——"他左边的身体装着他所有精神上、哲学上的构成要素，右边的身体则是他实用主义的大本营"（p.129）。两种颜色的交织正是存在于毕昂柯体内的两种力量互相作用的外部表现。在小说第一幕我们就能看到相关的描述："他的哲学思考经常会被一些实际的想法打断，正如此刻他突然想到了砖头，片刻间他脑海里的念头和他浓密的头发一样红，清晰的画面在略微僵硬的红卷发下快速展开。"（p.3）

两种颜色也反复出现在作者对其他人物的描述中。白色代表精神力量："失贞女"总是一身白衣，追求着她的

1　信息来源：Bruno Andrés Longoni. (2017). "Escritores orgánicos en la novelística de Juan José Saer", *Cartaphilus. Revista de investigación y crítica estética.* p.50。

信仰，而瓦尔德正是透过"白得不可思议"的"马齿"吐露出连他自己都不理解的预言。红色代表不可抵挡的物质力量：原本已经打算离开的暴虐父亲被早上的红色晨光改变了心意、重回罪恶之路；[1] 瘟疫给人的皮肤染上红色，"就好像波及阳光、地平线和树叶的色彩变化同样也发生在了人们的皮肤上"（p.189）。红色所代表的邪恶欲念和瘟疫都是物质世界不可抵挡的一部分。

除小说和杂文作品外，赛尔也创作诗歌，是一位杰出的诗人。赛尔的诗收录在《叙事的艺术》（1977）这部诗集中，从诗集的标题可以看出，赛尔在有意模糊诗歌和小说创作的界限。作家在诗歌中探索叙事的可能性，同时也在小说创作里加入了诗歌的元素。如阿根廷学者 Patricio Zunini 所说，赛尔以写诗的方式来写小说。[2] 这一创作特点在《时机》中体现为诗歌般的架构和诗意的语言。

首先我们来看《时机》的结构特点。小说的主体部分

---

[1] "当黎明来临、他起身准备离开时，当他走入平原上泛红的空气中时，有什么东西让已经骑在马上的他像机器般从外面折返回来，朝茅屋里小女儿睡觉的昏暗角落走去。"（p.142）

[2] "15 años sin Saer: 5 libros indispensables para conocer su obra"，信息来源：https://www.infobae.com/cultura/2020/06/10/5-anos-sin-saer-5-libros-indispensables-para-conocer-su-obra/。

由五节构成：第一节是对主人公的介绍和对疑似"三角"关系的呈现，讲述了心灵主义的失败，也引出了小说的表层主题——毕昂柯早归的发现；第二节开始倒叙，通过讽喻剧《东方三王》讲述了信仰的失落，之后回顾了毕昂柯和加拉伊·洛佩兹的友谊和加拉伊的家庭情况，也借着毕昂柯的所见所闻让读者看到当时的自然环境和社会环境；第三节时间回到早归事件后，毕昂柯的试验屡屡失败，对吉娜的怀疑也愈演愈烈，在不断穿插的回忆中，尤其是在得知吉娜怀孕后，毕昂柯在怀疑和妄想里越陷越深，直到决定写信给加拉伊·洛佩兹，准备进行最终对峙；第四节讲述了暴虐父亲之死和"预言家"瓦尔德的横空出世，在人人都想要寻求神迹而不得的绝望世代，瓦尔德的预言事业发展顺利，从平原准备向城市扩展；第五节中两条故事线开始交错起来，毕昂柯拜访了瓦尔德，却不理解他口中的预言，加拉伊·洛佩兹将瘟疫带到了小城并最终死于瘟疫，毕昂柯带着临产的吉娜去平原上躲避瘟疫，并在原本用于冥想的茅屋准备与胡安缔约合作。在五节内容之后，小说末尾是一个短小的"尾节"——听完预言的卡拉布里亚男人两手空空，却依旧不知该何去何从。"尾节"的设定是理解小说架构的关键。事实上，"尾节"的形式最早出现在中世纪的抒情诗里，是诗歌中类似献词的结尾诗节。这类抒情诗由不同的诗节组成，每节末尾有重复的诗句，诗歌的主要韵脚也会在尾节得到再现。小说最后设置的"尾节"正是在提示读者，就像诗歌里重复出现的主题段落一样，小说前面几节的内容也是同一主题的三次重复，所述的主题即我们之前介绍过的小说的核心／底层主题：在碾压一切的物质力量面前，精神力量的各种表现形式——心灵感应能力、神迹、预言——都相继溃败；读者和小说中的人物一样，对故事背后的谜题——吉娜是否不忠、救世主是否降临、卡拉布里亚男人是去是留——感到茫然不解。

除诗歌般的架构外，《时机》在形式上的另一特点就是诗意的语言。赛尔擅长运用普鲁斯特般的精巧长句，或对人物心理进行巨细无遗的深度剖析，或对动作、环境进行电影画面般的细致描写。层层嵌套、连绵不绝的长句需要反复阅读才能理清头绪，对译者来说是不小的挑战。译者在翻译时的原则就是尝试最大限度地还原作者构建的意象，将作家创造性的语言表达尽量顺畅自然地移植到译文中，保证文本的可读性。因为原作中的长句虽结构复杂但并不艰涩，相反，如有些评论家所说，赛尔的小说适合朗读出来，以慢慢品味其用词和独具匠心的标点设置。[1] 为此，译者努力避免译文中出现佶屈聱牙的生硬表达，尽力传递原作诗意的语言风格，使译文也能像原文一样给读者带来美的感受。但最终效果如何，译者也全然没有把握，只留待读者和各位同仁批评指正。

最后，我想谈谈小说题目的翻译。《时机》（*La ocasión*）明显指向作品表层和"中间层"的两个主题——毕昂柯回家的时机 / 场合，以及阿根廷政治经济变革的时机。赛尔曾在采访中提到，西语的 ocasión 有"时机""机会"的意思，但也有"事件"之意，而且总是指有清晰、明确标志的浓墨重彩的重要事件。[2] 在这部小说里，所谓的"事件"自然指的是毕昂柯冒雨早归后撞见吉娜和加拉伊·洛佩兹独处的事，但同时也可以指阿根廷草原上即将迎来的大变革、大事件。小说的英文译本就将题目译成了 *The Event*（《事件》），和"时机"一样能够关涉到作品的

1　"15 años sin Saer: 5 libros indispensables para conocer su obra"，信息来源：https://www.infobae.com/cultura/2020/06/10/5-anos-sin-saer-5-libros-indispensables-para-conocer-su-obra/。

2　"27 de abril de 1993", en *La caja de la escritura. Diálogos con narradores y críticos argentinos*, Marily Martínez-Richter (ed.), Frankfurt/Madrid, Vervuert/Iberoamericana, 1997, p. 13.

双重主题。而译者最终决定将小说题目译为《时机》，一方面是由于这是原词在汉语里最直接的解释，另一方面也是由于在小说结尾出现了同一个词——"他会接受成千上万向这个国家不断涌来的移民在他的牧场周围种上点儿小麦，甚至在时机到来时种在他自己的土地上"。这里的"时机"既是指胡安和毕昂柯加深农业合作的机遇，也是国家经济发展的新时机。此外，西语的 ocasión 有一个常见的派生词 ocasional，意思是"偶然的"，用来描述在某个场合/时机下才会发生的事，联系到作品的第三层主题——现实世界的一切都是偶然无意的存在，如果说该题目也暗合了作者想表达的底层主题不知是否牵强。总之，如前所述，《时机》是赛尔前后长达二十余年的准备，在时机成熟时呈现出的成果。而这部小说的中文译本在 2025 年——赛尔逝世二十周年和大家见面，也可以说是恰逢其时。

本书得以顺利出版，要感谢作家出版社的信任，也要感谢责编赵超老师的一直以来的暖心鼓励、耐心审校和睿智建议。译者在翻译过程中遇到不少阿根廷西语的特殊表达，曾数次咨询马德里自治大学的 Gladys Nieto 教授和北京外国语大学的外教 Diego Buttigliero 博士，感谢二位专家不吝赐教；也感谢在翻译过程中为本人答疑解惑的孟夏韵博士、晏博博士和楼宇博士，你们充满智慧的解答和建议让本人获益良多。最后也要感谢我的家人，尤其是看看的姥姥和姥爷，感谢你们 2023 年从夏天到冬天的鼎力支持，让这本译作得以顺利完成，也为曾经缺失的陪伴向你们道歉。我爱你们！

译者才疏学浅，本书难免有错误疏漏之处，还请读者海涵指正！

2025 年 5 月于北外图书馆

时 机 ｜

（京权）图字：01-2024-3485

图书在版编目（CIP）数据

时机／（阿根廷）胡安·何塞·赛尔著；贾佳译．--北京：
作家出版社，2025.9. -- ISBN 978 - 7 - 5212 - 3624 - 8

Ⅰ．Ⅰ783.45

中国国家版本馆 CIP 数据核字第 2025V912V5 号

LA OCASIÓN by Juan José Saer
Copyright © 1986 by Juan José Saer
This edition arranged with Heirs of Juan José Saer,
through c/o Schavelzon Graham Agencia literaria
www.schavelzongraham.com
Simplified Chinese Edition Copyright:
2025 THE WRITERS PUBLISHING HOUSE CO., LTD.
All rights reserved.

中国外国文学学会
西班牙葡萄牙语
文学研究分会
HISPANIC & PORTUGUESE
LITERARY STUDIES ASSOCIATION

新拉丁美洲文学丛书

时　机

作　　者：（阿根廷）胡安·何塞·赛尔
译　　者：贾　佳
责任编辑：赵　超
封面设计：吴元瑛
出版发行：作家出版社有限公司
社　　址：北京农展馆南里 10 号　　　邮　　编：100125
电话传真：86 - 10 - 65067186（发行中心）
　　　　　86 - 10 - 65004079（总编室）
E – mail: zuojia@zuojia. net. cn
http: // www.zuojiachubanshe.com
印　　刷：河北尚唐印刷包装有限公司
成品尺寸：130 × 185
字　　数：124 千
印　　张：7.75
版　　次：2025 年 9 月第 1 版
印　　次：2025 年 9 月第 1 次印刷
ISBN　978 – 7 – 5212 – 3624 – 8
定　　价：58.00 元